D1620485

# Unheimliche Geschichten

EDGAR ALLAN POE

# Unheimliche Geschichten

Aus dem Amerikanischen von **Arno SCHMIDT**
und **Hans WOLLSCHLÄGER**

Illustrationen
**BENJAMIN LACOMBE**

Verlagshaus Jacoby & Stuart

«*Ich bin immer auf der Suche nach Büchern mit breiten Seitenrändern.*»
Edgar Allan Poe, *Marginalia*

# INHALT

**DIE UNHEIMLICHEN GESCHICHTEN**............11

**GLOSSAR & FUSSNOTEN**..................165

**BIOGRAPHIEN & BIBLIOGRAPHIEN**............175

**INHALTSVERZEICHNIS**....................187

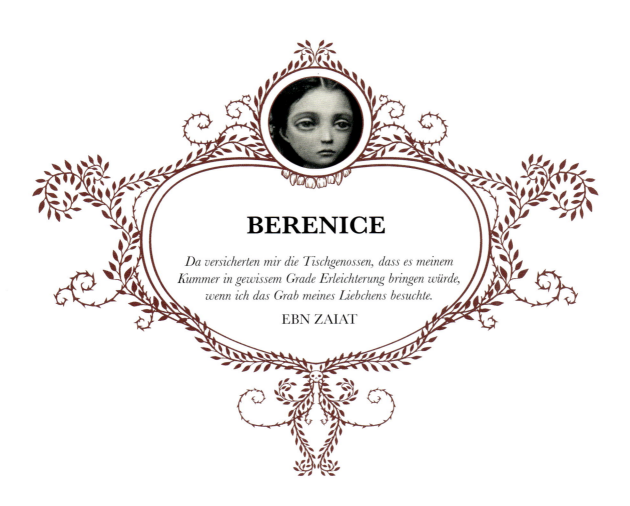

# BERENICE

*Da versicherten mir die Tischgenossen, dass es meinem Kummer in gewissem Grade Erleichterung bringen würde, wenn ich das Grab meines Liebchens besuchte.*

EBN ZAIAT

# BERENICE

Elend ist mannigfach. Die irdische Erbärmlichkeit vielgestaltig. Dem Regenbogen gleich überspannt sie den weiten Horizont; ihre Schattierungen sind nicht minder variantenreich als die Farbtönungen jenes Gewölbten – auch ebenso deutlich, und ebenso delikat ineinander übergehend. ‹Den weiten Horizont überspannend, gleich einem Regenbogen›: wie bin ich darauf verfallen, von Schönheit zu etwas typisch Unlieblichem überzugehen? – vom Zeichen des Friedensbundes auf ein Sinnbild der Sorge? Aber, gleich wie im Sittlichen das Böse die Hohlform des Guten ist, so, wahrlich, wird ausmitten von Freuden der Kummer geboren. Endweder macht die Erinnerung vergangener Wonnen das Heute zur Plage; oder die Martern die *sind*, haben ihren Ursprung in den Entzückungen, *die hätten sein können.*

Mein Taufname ist Egaeus; den meiner Familie will ich nicht nennen. Aber altehrwürdiger sind keine Burgen im Lande, als die dämmernden, grauen Hallen meiner Väter. Man hat unsere Linie als ein Geschlecht von Visionären bezeichnet; und in so manchen auffälligen Einzelheiten – dem äußeren Habitus unsres Herrenhauses – den Fresken im Großen Salon – den Gobelins der Schlafzimmer – den Steinornamenten gewisser Strebepfeiler in der Rüstkammer – aber ausgeprägter noch an den alten Gemälden in der Galerie – am Stil des Bibliothekszimmers – und, schließlich, an der beträchtlichen eigentümlichen Natur des Inhalts unserer Bibliothek – gibt es schon hinreichend Anhaltspunkte, um eine solche Ansicht zu rechtfertigen.

Meine ersten Erinnerungen aus allerfrühesten Jahren, sind verlötet mit eben jenem Zimmer & den Reihen seiner Bü-

# BERENICE

cherrücken – was die Letzteren betrifft, will ich weiter nichts sagen. Hier starb meine Mutter. In ihm wurde ich geboren. Aber es wäre müßig & eine Nichtigkeit, zu behaupten, daß ich nicht vorher schon gelebt hätte – daß die Seele keine pränatale Existenz habe. Ihr leugnet's? – woll'n wir darüber nicht lange streiten. Zutiefst überzeugt, suche ich nicht zu überzeugen. (Dennoch existieren, irgendwie, Erinnerungsreste an arielische Gestalten – an geisterreichvielsagend Äugendes – an Klänge, musisch ob schon trist – Erinnerungen, die wegzudenken es nicht gestattet – Mnemystisches wie Schatten, verwaschen, sich wandelnd, undeutlich, instabil; und auch darin dem Schatten ähnlich, daß ich seiner unmöglich ledig zu werden vermag, solange das Sunlicht meiner Raison anhellt.)

In jenem Zimmer bin ich geboren. Dergestalt plötzlich auffahrend aus langer Nacht dessen, was Nicht=Sein schien (es aber nicht wahr), hinein in die Mit=Region eines Feenlands – in einen Palast der Fantasie – in die wilden Bezirke skolastischer Denkelei & Gelehrsamkeit – steht es nicht zu verwundern, daß ich begierigen brennenden Auges um mich schaute – meine Knabheit bei Büchern versäumte, und meine Jugend in Träumen vertat. Aber *das ist* befremdlich, daß, als die Jahre dahinrollten, und der Mittag der Mannheit mich noch immer im Haus meiner Väter fand – es *ist* verwunderlich, wie Stockung & Stillstand die Quellen meiner Vitalität befiel – verwunderlich, wie allumfassend die Umkehrung war, die der Charakter meiner simpelsten Gedankengänge erfuhr. Die Realitäten dieser Welt berührten mich wie Halluzinationen, und *nur* wie Halluzinationen; während stattdessen die wilden Gebilde des Reiches der Träume ihrerseits zu – ja nicht bloß zur Basis meines Alltagsdaseins wurden – vielmehr, gewiß & wahrhaftig & einzig & ausschließlich, dies Dasein selbst.

Berenice & ich waren Kusin & Kusine, und wuchsen nebeneinander auf in meinen elterlichen Hallen. Doch wie ver-

# BERENICE

schieden wuchsen wir auf – ich schwächlicher Gesundheit, und von Düster umcirct; sie anmutiggelenkig, und übersprudelnd von Energien – sie leichtfüßig schweifend am Hügelhang; ich, mönchischgebückt, über Studien – ich nur im eigenen Herzen lebend & webend, und, süchtig an Seel' & Leib, schier schmerzlich gespanntem Meditieren ergeben; sie sorglos durchs Leben hin streifend, ohne im geringsten der Schatten auf ihrem Pfad zu gedenken, oder der stummen Flucht der rabenfiedrigen Stunden. Berenice – ich rufe beschwörend ihren Namen: Berenice! – und aus dem Trümmergrau des Gedächtnisses schwirren 1000 tumultuarische Erinnerungen auf, ob solchen Klangs! Ah, deutlich steht ihr Bild itzt vor mir; lebhaft wie in den Tagen, da sie leichtherzig war & froh! Oh, prunkend꞊ doch fantastische Schönheit! Oh, Sylphide im Buschwerk von Arnheim! Oh, Najade in all seinen springenden Bronnen! – aber dann – – ja, dann ist nichts mehr als Rätsel und Graus und eine Erzählung, die nicht erzählt werden sollte.

Leiden – ein schleichend꞊tödliches Leiden – kam, samumgleich, über sie & ihre Gestalt; ja, während mein Blick auf ihr ruhte noch, schweifte der Wechselgeist über sie hin, durchdrang ihr Gemüt, ihre Gewohnheiten, ihr Wesen, und verstörte auf allersubtilste & ꞊gräßlichste Weise sogar die Identität ihrer Persönlichkeit! Weh, der Zerstörer kam & ging, und sein Opfer – ja, wo war es? Ich kannte es nicht – ich erkannt' es nicht länger als ›Berenice‹.

Unter dem zahlreichen Schwarm von Leiden, die sich jener heillosen, ursprünglichen Krankheit, die eine so erschreckende Verwandlung im Wesen & Aussehen meiner Kusine bewirkte, hinzugesellten, mag als das hartnäckigste & niederschlagendste, eine Art Epilepsie erwähnt sein, die nicht selten in Trance überging – einen Trancezustand, der endgültiger Auflösung gefährlich nahe kam; und aus dem in den meisten Fällen ein Erwachen erfolgte, das in seiner abrupten Plötzlichkeit erschrecken machte. In der Zwischen-

# BERENICE

# BERENICE

zeit nahm mein eigenes Leiden – denn man hat mir gesagt, daß ich es mit keinem andern Namen zu bezeichnen hätte – mein eigenes Leiden also, nahm rapide zu; bis es endlich zu einer Art Monomanie stieg, von gänzlich neuem und außerordentlichem Charakter – der stündlich, ja augenblicklich an Beschleunigung gewann – und am Ende die allerunbegreiflichste Gewalt über mich erlangte. Besagte Monomanie, wie ich sie wohl nennen muß, bestand in einer morbiden Überreiztheit desjenigen Gehirnzentrums, das von der Psychologie das ‹wahrnehmungsspeichernde› genannt wird. Es ist mir mehr als wahrscheinlich, daß man mich nicht begreift; aber ich fürchte sowieso, daß es mir auf keinerlei Weise möglich sein werde, dem Geist des bloß normalen Lesers einen annähernden Begriff von jener nervösen *Anngespanntheit des Interesses* zu vermitteln, mit dem sich in meinem Fall die Kraft der Betrachtung (um keinen unverständlicheren terminus technicus zu gebrauchen), ins Anschauen & Auffassen auch der alltäglichsten Gegenstände der Außenwelt, einbohrte & förmlich verwühlte.

Längliche Stunden unermüdbarer Versenkung, während all mein Aufmerken sich auf untergeordnetes Randleistendetail irgend eines Buches konzentrierte, oder auch auf dessen bloße Typografie; die schönere Hälfte eines Sommertages sich von einem wunderlichen Schatten in Anspruch nehmen lassen, der verquer an die Tür schlich, oder schräg zur gewirkten Tapete; eine geschlagene Nacht hindurch mich in Beschauung des ernsten Flämmchens einer Lampe zu verlieren, oder still vegetierender Feuersgluten; über dem Arom' einer Blume ganze Tage zu verträumen; ein gänzlich banales Wort einförmig so lange zu wiederholen, bis seine bloße Klangfolge, aufgrund sturer Perseveranz, aufhörte, im Verstand noch etwas wie ‹Sinn› zu bewirken; jedweden Gefühls von Bewegung, ja, leiblicher Existenz überhaupt, dadurch verlustig zu gehen, daß ich mich lange & starrsinnig zwang, von jeder körperlichen Regung Abstand zu nehmen

# BERENICE

# BERENICE

– das waren so einige der mir geläufigsten und noch am wenigsten verwerflichen Schrullen, herbeigeführt durch eine bestimmte Seelenlage, die zwar, zugegeben, nicht absolut ohnegleichen dasteht; jedoch der Analyse oder der Einsicht in ihre Mechanismen ohne Frage spottet.

Aber man verstehe mich nicht etwa falsch. – Die durch ihrer eigentlichen Natur nach belanglose Objekte sich bei mir entzündende, unverhältnismäßige, ernstliche & ungesunde Fixierung der Aufmerksamkeit, darf, ihrem Wesen nach, ja nicht mit dem allen Menschen eigenen Hang zu Tagträumereien verwechselt werden, wie sich ihm ganz besondere Individuen mit hitziger Einbildungskraft hinzugeben pflegen. Auch handelte es sich mit nichten, wie man vielleicht zunächst annehmen möchte, um einen extremen Grad, eine Art von Übersteigerung solchen Hanges; sondern von vornherein um etwas grundsätzlich und dem innersten nach Verschiednes & Abweichendes. Im Normalfalle nämlich, geht der Träumer oder Gedankenspieler von einem, im allgemeinen *nicht* pervers=belanglosen Motiv aus; verliert diesen Ansatzpunkt in der Wirrnis von sich anschließenden Anregungen & Eingebungen unmerklich ganz aus den Augen; bis er dann endlich, gegen Ende des *oft von Ersatzgenüssen randvollen* Tagtraums, jenes *incitamentum*, jene erste Keimzelle seiner Versenkung, total vergessen und ‹verspielt› hat. In *meinem* Fall dagegen, war der Ausgangspunkt *grundsätzlich belanglos*; obschon er, beim Durchgang durch das Medium meiner verzerrenden Optik, stets rasch eine irreale, gleichsam abgeknickte Wichtigkeit gewann. Falls überhaupt, ergaben sich nur ganz wenige Abweichungen von der vorgezeichneten Grundrichtung; und auch sie recurrirten hartnäckig auf den ursprünglichen Anlaß, wie auf ein geheimes Zentrum. Weiterhin waren meine Gedankenspiele *niemals* angenehmer Natur; und am Ende jeglicher Traumserie hatte die Erste

# BERENICE

Ursache, anstatt außer Sicht geraten zu sein, vielmehr jene übernatürlich=ausschweifende Bedeutsamkeit angenommen, die den vorherrschenden Zug meines Leidens bildete. Mit einem Wort: die überwiegend in Kontribution gesetzten Geisteskräfte waren, ich erwähnte es bereits, in meinem Fall die *wahrnehmungsspeichernden*; während es, beim Tagträumer normalen Schlages, mehr die *kombinierend=schweifenden* sind.

Meine Lektüre zu dieser Zeit – falls sie nicht tatsächlich dazu beigetragen hat, die Aberration noch zu steigern – ahmte, wie man gleich erkennen wird, in der Fantastik und Unlogik ihrer Zusammensetzung, die charakteristischen Symptome der Erkrankung selbst, in großen Umrissen nach. Ich entsinne mich, unter anderem, noch deutlich der Abhandlung jenes edlen Italiäners, des Coelius Secundus Curio, ‹*De Amplitudine Beati Regni Dei*›; an Sankt Augustins großes Buch vom ‹Gottesstaat›; und Tertullians ‹*De Carne Christi*›, in welchem die paradoxe Sentenz ‹*Mortuus est Dei filius; credibile est quia ineptum est: et sepultus resurrexit; certum est quia impossibile est*› durch viele Wochen emsigen & fruchtlosen Spekulierens, meine ungeteilte Aufmerksamkeit gänzlich in Anspruch nahm.

Dergestalt wird männiglich einsehen, wie mein Verstand – nur von Trivialstem aus dem Gleichgewicht zu bringen – Ähnlichkeit trug mit jener Meeresklippe, von der uns Ptolemäus Chennus berichtet, der Sohn des Hephaistion, daß sie allen Bemühungen menschlichen Ungestüms unentwegt widerstand, auch der wilderen Wut der Wasser & Winde; vielmehr nur erbebte, wenn man sie mit dem Stengel der Pflanze berührte, die da heißt Asphodel. Und ob schon einem gedankenlosen Denker als gesicherter Tatbestand erscheinen könnte, wie die von der unseligen Krankheit bei Berenice bewirkten seelischen Depressionen mich mit so manchem Ansatzpunkt zu abnorm=intensiven Träumungen (von der Art, wie ich sie eben des Breiten auseinandersetzte) versehen hätten – so war doch solches nie, nicht im gerings-

# BERENICE

ten Grade, der Fall. In den helleren Augenblicken meines eigenen Unwohlseins verursachte mir ihr Jammer sehr wohl Leid; und wenn ich mir den vollen Schiffbruch ihres schön= & sanften Lebens einmal so recht zu Herzen nahm, verfehlte ich gar nicht, des langen & bitteren über die erstaunlichen Ursachen nachzudenken, die eine so befremdlich totale Veränderung so plötzlich hatten eintreten machen. Aber dergleichen Überlegungen hatten dann mit der speziellen Form meiner eigenen Erkrankung nichts gemein; waren vielmehr von einer Art, wie sie unter gleich gelagerten Umständen der gewöhnlichen Mehrheit der Menschen ebenfalls eingekommen wären. Nein; meine Abartigkeit schwelgte, ihrer sonderlichen Artung sehr getreu, vielmehr in den unwichtigeren aber für mich weit aufregenderen Veränderungen, die *im Äußeren* Berenices auftraten – in der eigenartigen & über die Maßen schreckhaften Verformung ihrer individuellen, persönlichen Kennzeichen.

Während der strahlendsten Tage ihrer unvergleichlichen Schönheit schon, hatte ich sie, und das steht fest, niemals geliebt. Mir, in der raren Abnormität meines Wesens, waren Gefühle *nie aus dem Herzen* gekommen; meine Leidenschaften entsprangen *stets nur dem Kopfe*. Ob im Graulicht des frühesten Morgens – ob in Schattenspalieren des Hochwalds zur Mittagszeit – ob in der Stille des Büchersaales zur Nacht – war sie sehr wohl meinen Augen vorbeigehuscht, und ich hatte sie wahrgenommen – nicht als die lebende, atmende Berenice; sondern wie die Berenice eines Traums – nicht als Wesen dieser Erde, als erdisch; sondern wie die Abstraktion eines solchen Wesens – nicht als Gegenstand der Bewunderung; sondern der Analyse – nicht als Liebesobjekt; wohl aber als Thema abstrusesten, obschon planlos=plänkelnden Spekulierens. Aber *nunmehr* – nunmehr schauderte ich in ihrer Gegenwart; und erbleichte, wenn sie sich annäherte; und ob ich auch bitterlich ihren hoffnungslos verfallenen Zustand beklagte, rief ich mir ins Gedächtnis zurück, daß

# BERENICE

sie mich ja schon lange geliebt habe; und, in einem schlimmen Moment, sprach ich ihr von Heirat.

Und da war auch der Zeitpunkt des Brautbettes schließlich herbeigekommen, – es war Nachmittag, und im Winter des Jahrs; einer dieser widersinnig lauen, dunstigen Kalmentage, die die Vorläufer der schöneren halkyonischen sind – da saß ich (und saß, wie ich dachte, allein) im innersten Zirkel des Büchersaals. Doch als ich die Augen aufhob, sah ich, daß Berenice vor mir stand.

War es meine eigene überreizte Einbildungskraft – oder der Einfluß des dunstigen Wetters – oder das ungewisse Zwielicht hier im Raum – oder die grauen Faltenwürfe um ihre Gestalt – was ihre Umrisse so undeutlich & schwankend machte? Ich wußte's nicht zu sagen. Sie sprach kein Wort; und ich – nicht um Alles in der Welt hätte ich 1 Silbe herausbringen können. Eisige Kälte durchschauerte mich ganz; ein Gefühl unerträglicher Angst legte sich drückend über mich; eine verzehrende Neugier durchdrang meine Seele; ich sank auf den Stuhl zurück, und verharrte eine zeitlang regungs= & atemlos, die Augen unverwandt auf ihre Figur geheftet. Wehe!, sie war abgemagert über alles Begreifen; und nicht das kleinste Linienstück ihres Umrisses besprach mehr eine Spur von dem, was sie früher gewesen. Mein brennender Blick fiel endlich auch auf ihr Gesicht.

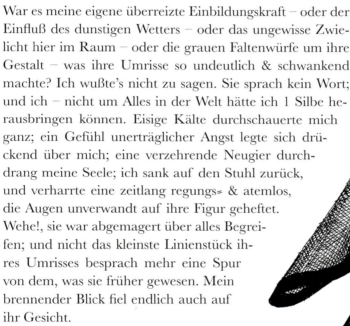

Hoch, und sehr bleich, und eigentümlich gelassen war ihre Stirn; das einst rabenschwarz schwellende Haar fiel ihr stellenweise hinein, und überschattete die eingefallenen Schläfen in zahllosen Ringeln, aber itzt von einem lebhaften Gelb, und in ihrem fantastischen Charakter im schreiendsten Widerspruch mit der das Gesicht ansonsten be-

# BERENICE

herrschenden Schwermut. Die Augen waren ohne Leben, stumpf, und scheinbar pupillenlos; ich schauderte unwillkürlich vor ihrem glasigen Stieren zurück, und wandte mich der Betrachtung der dünn gewordnen, eingeschrumpften Lippen zu. Die gingen auseinander; und, in einem Lächeln von absonderlicher Bedeutsamkeit, enthüllten sich *die Zähne* der veränderten Berenice langsam meinen Blicken. Wollte GOtt, daß ich ihrer nie ansichtig geworden, oder aber, im selben Augenblick, tot zu Boden gesunken wäre!

Das Zufallen einer Tür störte mich auf; und als ich hoch schaute, gewahrte ich, daß meine Kusine den Raum verlassen hatte. Aber die regelwidrigen Räume meines Hirns hatte es, weh mir!, nicht verlassen, und wollte sich auch durch nichts austreiben lassen, das weiß geisternde *spectrum* der Zahnreihen. Kein Pünktchen ihrer Vorderflächen – keine Trübung ihres Schmelzes – nicht die leichteste Zackung ihrer schneidigen Beißkanten – nichts war mir entgangen; der Zeitbruchteil ihres Lächelns hatte hingereicht, mein Gedächtnis damit zu brandmarken. Sah ich sie doch *jetzt* noch unverwechselbarer vor mir, als ich sie *vorhin* wahrgenommen hatte. Die Zähne! – die Zähne! – sie waren hier & da & überall, und waren schau= & tastbar vor mir: lang, und eng gestellt, und von extremer Weißheit, und blasse Lippenfäden krümmten sich um sie herum, genau wie im Moment

# BERENICE

ihrer ersten schreckhaften Bloßlegung. Schon setzte, mit voller Wucht & Wut meine *Monomanie* ein; und ich rang vergebens an gegen ihren unerhörten und unwiderstehlichen Einfluß. Unter all den minutiösen Tausendfältigkeiten der Außenwelt fand ich keinen andern Gedanken, als nur den an diese Zähne. Nach ihnen verzehrte ich mich, in phrenetischem Verlangen. Alle sonstigen Angelegenheiten, sämtliche irgend divergierenden Interessen, gingen unter in dieser 1 speziellen Betrachtung. Sie – und nur SIE – waren dem inneren Auge gegenwärtig; und sie, in ihrer spezifischen Einundeinzigkeit, wurden zum Grundton meiner ganzen Mentalität Ich versetzte sie in jegliche Beleuchtung. Ich drehte sie unter jedem denkbaren Winkel. Ich maß feldmesserisch ihre Topografie. Ich verweilte auf ihren Eigenheiten. Ich sann nach über ihren Feinbau. Ich vertiefte mich in mögliche Wandlungen ihres Wesens. Ich schauderte, als ich ihnen im Geist die Gabe zuschrieb, zu fühlen & zu empfinden; ja, selbst unterstützt von Lippen, eine Fähigkeit, Moralitäten auszudrücken. Man hat von Ma'm'selle Sallé sehr hübsch gesagt, ‹*que tous ses pas étaient des sentiments*›; aber ich, meinerseits, möchte von Berenice weit ernstlicher annehmen, *que toutes ses dents étaient des idées*. Siehe da: *des idées* – *das* war der idiotische Einfall, der mir zum Verderben wurde! ‹*Des idées!*› – ach, deshalb also gelüstete mich so wahnwitzig nach ihnen! Deshalb hatte ich die Empfindung, daß ihr Besitz allein mir jemals Frieden bringen, mich der Verständigkeit wiedergeben könne.

Dergestalt sank der Abend über mich herab – und die Dunkelheit kam; und verweilte; und schwand – und wieder graute ein Tag – und die Dünste der nächsten Nacht stiegen auf in der Rund' – und immer noch saß ich reglos im einsamen Raum; und saß immer noch in Gedanken versunken; und immer noch regierten mich *Zahnfantasien* mit grauser Oberherrlichkeit, und umschwebten mich, inmitten der wechselnden Lichter und Schatten des Raumes, mit der al-

# BERENICE

lerlebhaftesten & =scheußlichsten Deutlichkeit. Auf einmal brach es in meine Träumungen ein wie Schreie von Schreck & Bestürzung zugleich; und ihnen folgte, nach einer Weile, verstörtes Stimmengeräusch, untermischt mit manch sorglichem Gestöhn, oder auch wie von Schmerz. Ich erhob mich von meinem Sitz, stieß eine der Türen des Büchersaals auf, und erkannte im Vorraum eine Dienerin stehen, in Thränen gebadet, die mir mitteilte, dass Berenice – nicht mehr sei. Ein Anfall ihrer Epilepsie habe sie überkommen, morgens in aller früh'; und jetzt, da die Nacht einbrach, war das Grab schon bereitet für Die, die es anging, und sämtliche Vorbereitungen zur Bestattung getroffen.

Als ich zu mir kam, saß ich in der Bibliothek, und saß auch wieder alleine dort. Mir däuchte, ich sei neuerlich erwacht aus einem verworrenen unruhigen Traum. Ich war mir bewußt, daß es irgendwie Mitternacht war; und auch des dacht' ich wohl, daß wir, seit die Sonne zur Rüste ging, Berenice beerdigt hatten. Aber von dem trüben Interregnum, das sich eingeschoben hatte, war mir kein verläßlicher – zumindest kein klar umrissener Begriff geblieben. Dennoch war das bloße Denken daran randvoll mit Grauen – Grauen, noch grauser ob seiner Ungestaltheit; und Schrecken, noch schrecklicher ob seiner Unbestimmbarkeit. Es mußte eine fürchterliche Seite im Buch meines Lebens sein; ängstens beschrieben mit scheußlich matten, mit nicht zu entziffernden Erinnerungen. Ich mühte mich wahrlich, sie zu entschlüsseln, jedoch vergebens; obschon immer wieder, dem Geist eines längst verhallten Geschalles gleich, das durchdringend schrille Kreischen einer Frauenstimme, mir in den Ohren zu klingen schien. Ich hatte etwas getan – was war es doch? Ich stellte mir die Frage dann laut; und flüsternde Echos des Raumes entgegneten mir: «*Was war es doch?*»
Auf dem Tisch mir zur Seite brannte die Lampe, und neben ihr lag ein kleines Etui. Es hatte nichts auffälliges an

# BERENICE

sich, und ich hatt' es auch häufig vorher gesehen, war es doch das Eigentum unsres Hausarztes; aber wieso kam es *hierher*, auf meinen Tisch, und warum schauderte ich, wenn ich es ansah? Ich vermochte mir auf keine Weise Rechenschaft über diese Dinge zu geben; und schließlich glitten meine Blicke auch ab, zu der aufgeschlagenen Seite eines Buches, und einem Satz, der sich dort unterstrichen fand. Die Worte, merkwürdig & doch in ihrer Art einfach auch, waren die des Dichters Ebn Zaiat: *«Dicebant mihi sodales si sepulchrum amicae visitarem, curas meas aliquantulum fore levatas.»* Warum denn, da ich sie jetzt überlas, sträubte sich mir fühlbar das Haupthaar, und wieso gerann mir das Lebensblut in den Adern?

Da tupfte es sacht an meine Bibliothekentür, und, fahl wie ein Grabbewohner, erschien, auf Zehenspitzen, ein dienstbarer Geist. Sein Blick war verwildert vor Grauen, und die Stimme, mit der er zu mir sprach, war bebend, heiser, und überaus leise. Was wollte er? – einige abgebrochene Sätze vernahm ich. Er sprach von einem wilden Ruf, der die Stille der Nacht verstört hätte – wie sich die sämtliche Dienerschaft versammelt – man eine Suche angestellt habe, in Richtung des Schalls – und hier wurden seine Töne thrillernd deutlich, als er mir etwas von einem geschändeten Grabe zuwisperte – einer entstellten Gestalt im Leichentuche, noch immer atmend, noch immer zuckend, noch immer *am Leben!*

Er zeigte auf meine Kleidung – sie war schmutzig von Erde & geronnenem Blut. Ich erwiderte nichts, und er griff sich sacht meine Hand – die war wie gemustert mit Eindrücken von Fingernägeln. Er lenkte meine Aufmerksamkeit auf einen Gegenstand, der an der Wand lehnte – ich besah ihn mir sorgsam minutenlang – es war ein Spaten. Da schnellte ich doch aufkreischend zum Tisch hin, und packte das Etui, das darauflag. Aber mir mangelte die Kraft, es zu öffnen; auch zitterte ich so, daß es mir aus der Hand glitt, und schwer zu Boden fiel, und in Stücke ging; und heraus rollten, es klapperte beträchtlich, diverse zahnärztliche Instrumente, vermischt mit 32 kleinen, weißen, wie Elfenbein wirkenden Stückchen, die sich übers Parkett weg zerstreuten, guck, hierhin, & dorthin.

# DER SCHWARZE KATER

För die höchst schauerliche und doch so schlichte Erzählung, die ich hier niederzuschreiben mich anschicke, erwart' ich weder noch erbitt' ich Glauben. Toll wahrlich müsste ich sein, darauf zu rechnen – in einem Fall, wo sich ja selbst die eignen Sinne sträuben, das Wahrgenommene für wahr zu nehmen. Doch toll bin ich gewiß nicht – und gewiß auch träum' ich nicht. Aber nun sterb' ich morgen, und so wollte ich heute noch meine Seele erleichtern. Mein Zweck ist dabei geradheraus der, in offener, kurz- und bündiger Weise und ohne Drumherum eine Reihe von bloßen Alltagsereignissen vor der Welt auszubreiten. In ihren Folgen haben diese Ereignisse mich entsetzt – mich gefoltert – mich innerlich zerrüttet und zerstört. Doch will ich nicht versuchen, sie zu deuten. Mir selber haben sie kaum anderes als Grauen gebracht – vielen dagegen werden sie wohl weniger schrecklich denn *baroques* vorkommen. Vielleicht ja findet sich hiernach auch ein Verstand, der meine Phantasmen aufs Gewöhnliche zurückführt, ein Kopf, der ruhiger, der logischer und der weit weniger erreglich ist als meiner und der in den Umständen, die ich mit Grauen hier erzähle, nichts mehr erblickt denn eine gewöhnliche Folge von ganz natürlichen Ursachen und Wirkungen.

Von Kindheit auf schon war ich bekannt für mein lenksames und menschenliebendes Wesen. Meine Herzensweichheit gar trat so auffällig hervor, daß ich darob von meinen Kameraden oft gehänselt wurde. Ich liebte vor allem die Tiere, und der Nachsicht meiner Eltern verdankte ich's, daß in unserm Hause zahlreiche vierbeinige Gefährten um mich waren. Mit ihnen verbrachte ich den größten Teil meiner Zeit, und kein größeres Glück kannt' ich, als sie füttern und streicheln zu dürfen. Diese Charaktereigenart wuchs mit mir, und da ich zum Manne geworden, bildete sie mir eine der Hauptquellen des Vergnügens. Allen denen, die einmal Zuneigung zu einem treuen und klugen Hunde hegten, brauche ich wohl kaum eigens die Natur beziehungsweise die Intensität der Befriedigung zu erklären, welche daraus erwächst. Es liegt etwas in der selbstlosen und aufopfernden Liebe der unvernünftigen Kreatur, das greift einem jeden ans Herze, der häufig Gelegenheit hatte, die nichtswürdige Freundschaft und flüchtige Treue des bloßen *Menschen* zu erproben.

Ich heiratete früh und war glücklich, in meinem Weibe eine durchaus verwandte Seele zu finden. Da sie meine Vorliebe für Haustiere bemerkte, versäumte sie keine Gelegenheit, uns solche der reizendsten Art anzuschaffen. Wir hatten Vögel, Goldfische, einen schönen Hund, Kaninchen, ein kleines Äffchen, und einen *Kater*.

Dieser letztere war ein bemerkenswert großes und schönes Tier, vollkommen schwarz und in geradezu erstaunlichem Maße klug. War von seiner Intelligenz die Rede, so spielte meine Frau, die im Herzen von rechtem Aberglauben angekränkelt war, des öftern auf den alten Volksglauben an, welcher alle schwarzen Katzen als verkleidete Hexen betrachtete. Nicht daß es ihr je *ernst* mit diesem Punkt gewesen wäre; – ich erwähne die Sache überhaupt aus keinem bessern Grunde als dem, daß sie mir zufällig just eben jetzt ins Gedächtnis kam.

Pluto – so hieß der Kater – war mein Spielkamerad und mir von allen Haustieren das liebste. Ich allein fütterte ihn, und er begleitete mich auf allen meinen Gängen durch das Haus. Mit Mühe nur konnte ich ihn daran verhindern, mir auch noch durch die Straßen zu folgen.

Unsere Freundschaft dauerte in dieser Weise mehrere Jahre fort, während welcher mein allgemeines Temperament und Wesen – durch das Wirken des Bösen Feindes Ausschweifung – (schamrot gesteh' ich's) eine radikale Veränderung zum Schlimmen erfuhr. Von Tag zu Tage ward ich übellaunischer, reizbarer, und rücksichtsloser gegenüber den Gefühlen Anderer. Ich ließ mich hinreißen, maßlose Worte gegen mein Weib zu gebrauchen. Schließlich gar tat ich ihr Gewalt an. Auch meine Haustiere bekamen natürlich

# DER SCHWARZE KATER

den Wechsel in meiner Gemütsart zu spüren. Ich vernachlässigte sie nicht nur, ich mißhandelte sie. Für Pluto hatte ich grad noch soviel Rücksicht, daß ich ihn wenigstens nicht mutwillig quälte, indessen es den Kaninchen, dem Äffchen oder gar dem Hunde ohne Skrupel schlimm erging, wenn sie mir einmal durch Zufall oder aus Zuneigung in den Weg kamen. Doch mein Leiden – und welches Leiden ist dem Alkohol gleich? – es wuchs und ward übergewaltig; und schließlich begann selbst Pluto, der jetzt langsam in die Jahre kam und infolge dessen ein bisschen launisch wurde, die Wirkungen meiner inneren Zerrüttung zu erfahren.

Eines Nachts, da ich, schwer berauscht, von einem meiner Rundzüge durch die Stadt nach Hause kam, bildete ich mir ein, der Kater meide meine Nähe. Ich packte ihn – da brachte er mir, erschrocken ob meiner Heftigkeit, mit seinen Zähnen eine leichte Wunde an der Hand bei. Augenblicklich ergriff eine dämonische Wut von mir Besitz. Ich kannte mich selber nicht mehr. Das, was einmal meine Seele gewesen, schien wie mit einem Schlage aus meinem Körper entflohen; und eine mehr denn teuflische, vom Gin genährte Bosheit durchzuckte schauernd jede Fiber meines Leibes. Ich zog ein Federmesser aus der Westentasche, öffnete es, packte das arme Vieh bei der Kehle und schnitt ihm in voller Überlegung eines seiner Augen aus der Höhle! Ich werde rot, ich brenne, schaudere, während ich diese verdammenswerte Scheußlichkeit niederschreibe.

Als mit dem Morgen – da der Schlaf die Dunstwallungen der nächtlichen Ausschweifung verscheucht hatte – die Vernunft wiederkehrte, durchrann mich ein Gefühl aus Grauen halb und halb aus Reue ob des Verbrechens, dessen ich schuldig geworden; doch war es bestenfalls ein schwaches und zweideutig schwankes Empfinden, das meine Seele unberührt ließ. Ich stürzte mich aufs neue in Exzesse und hatte bald im Weine jede Erinnerung an die Tat ertränkt.

Derweil erholte sich der Kater langsam wieder. Die Höhle des verlornen Auges bot, das muß ich sagen, einen wahrhaft fürchterlichen Anblick, doch Schmerzen schien das Tier nicht mehr zu leiden. Es lief ganz wie gewöhnlich durch das Haus, doch floh's, wie zu erwarten, in äußerstem Entsetzen, wenn ich näherkam. Noch hatt' ich immer soviel Herz in mir, daß mich's betrübte, diese offenbare Abneigung von einem Tiere zu erfahren, das mich einst so geliebt hatte. Doch dies Empfinden machte bald Gereiztheit Platz. Und dann kam, wie um mich endgültig und unwiderruflich zu vernichten, der Geist der PERVERSHEIT über mich. Diesen Geist hat die Philosophie noch gar nicht zur Kenntnis genommen. Doch so gewiß ich bin, daß meine Seele lebt, – nicht weniger bin ich's, daß die Perversheit einer der Urantriebe des menschlichen Herzens ist – eine der unteilbaren Grundfähigkeiten oder -empfindungen, welche dem Charakter des Menschen Richtung geben. Wer hat sich nicht schon hundertmal dabei ertappt, daß er eine niederträchtige oder törichte Tat aus keinem andern Grunde beging denn aus dem Bewußtsein, daß sie ihm verboten sei? Verspüren wir denn nicht – wider all unser bestes Wissen – die fortwährende Neigung, das zu verletzen, was *Gesetz* ist, bloß weil wir es als solches begreifen? Dieser Geist der Perversheit kam, sag' ich, über mich, um mich endgültig zu vernichten. Es war dies unerforschliche Verlangen der Seele, *sich selbst zu quälen* – der eigenen Natur Gewalt anzutun – unrecht zu handeln allein um des Unrechts willen –, das mich drängte, die dem harmlosen Tiere zugefügte Unbill fortzusetzen und schließlich zu vollenden. Eines Morgens legt' ich ihm gänzlich kühlen Blutes eine Schlinge um den Hals und hängte es am Aste eines Baumes auf – erhängte es, indessen mir die Tränen aus den Augen strömten und die bitterste Reue mir das Herz zerriß – erhängte es, nur *weil* ich wußte, daß es mich geliebt hatte, und *weil* ich fühlte, es hatte mir keinerlei Grund zum Ärgernis gegeben – erhängte es, *weil* ich wußte, daß ich damit eine Sünde beging – eine Todsünde, die meine unsterbliche Seele so gefährden mußte, daß wenn das möglich wäre – selbst die unendliche Gnade des Allbarmherzigen und Schrecklichen Gottes sie vielleicht nicht mehr zu retten vermochte.

In der Nacht nach jenem Tage, an dem die grausame Tat geschehen war, fuhr ich aus dem Schlaf und hörte «Feuer!» rufen. Die

# DER SCHWARZE KATER

Vorhänge meines Bettes standen in Flammen. Schon brannte das ganze Haus. Mit großer Mühe nur vermochten mein Weib, eine Dienerin und ich selber dem Glutmeer zu entkommen. Die Zerstörung war vollständig. Mein ganzer weltlicher Reichtum war dahin, und fortan überließ ich mich der Verzweiflung.

Ich stehe über der Schwäche, hier etwa zwischen dem Unglück und meiner Untat eine Beziehung wie von Ursache und Wirkung herstellen zu wollen. Doch lege ich eine *Kette* von Tatsachen dar, und darin soll, so wünsch' ich's, nicht das Kleinste fehlen, das möglicherweise ein Glied wäre. Am Tage nach dem Feuer besichtigte ich die Ruinen. Die Mauern waren – bis auf eine – eingestürzt. Diese eine stellte sich als nicht sehr dicke Innenwand heraus, die sich etwa in der Mitte des Hauses befand und an der das Kopfende meines Bettes gestanden hatte. Der Stuckverputz hatte hier in großem Maße dem Wirken des Feuers widerstanden – eine Tatsache, welche ich dem Umstand zuschrieb, daß er kürzlich erst frisch aufgetragen worden war. Um diese Mauer hatte sich eine

dichte Menschenmenge versammelt, und viele Leute schienen mit sehr eifriger und minuziöser Aufmerksamkeit eine ganz bestimmte Stelle zu untersuchen. Die Worte «sonderbar!», «eigenartig!» und andere ähnliche Ausdrückungen erregten meine Neugierde. Ich trat näher und erblickte, ganz als sei es ein Basrelief, in die weiße Fläche gegraben, die Gestalt einer riesigen *Katze*. Sie bot einen geradezu verblüffend natürlichen Eindruck. Um den Hals des Tieres war ein Strick geschlungen.

Beim ersten Anblick dieser geisterhaften Erscheinung denn für ein andres konnte ich's kaum ansehn – geriet ich vor Verwundern und Entsetzen schier außer mich. Doch dann kam kühlere Erwägung mir zu Hilfe. Die Katze hatte, so entsann ich mich, in einem an das Haus angrenzenden Garten gehangen. Auf den Feueralarm hin hatte sich dieser Garten unmittelbar mit Menschen gefüllt – und einige aus der Menge mußten dann wohl das Tier vom Baume geschnitten und durch ein offnes Fenster in meine Kammer geworfen haben. Dies war vermutlich in der Absicht geschehen,

mich aus dem Schlaf zu wecken. Der Fall der andern Wände hatte dann das Opfer meiner Grausamkeit in den frisch aufgetragenen Verputz gedrückt; dessen Kalk schließlich im Vereine mit den Flammen und dem von dem Kadaver entwickelten Ammoniak das Abbildnis so zustande brachte, wie ich's sah.

Obschon ich solcherart meiner Vernunft, wenn nicht gar meinem Gewissen gegenüber recht rasch eine Erklärung für den verstörenden Tatbestand, den ich soeben geschildert, bereit hatte, so verfehlte derselbe doch nicht, einen tiefen Eindruck auf meine Phantasie zu machen. Monate lang vermochte ich mich nicht von dem Trugbild der Katze zu befreien; und während dieser Zeit kehrte in meinen Geist ein Halbgefühl zurück, das Reue schien, doch aber keine war. Es kam so weit, daß ich Bedauern empfand über den Verlust des Tieres und mich in den elenden Kaschemmen, deren häufiger Besuch mir jetzt zur Gewohnheit geworden war, nach einem andern Haustiere von gleicher Art und einigermaßen ähnlicher Erscheinung umsah, das seine Stelle einnehmen sollte.

Eines Nachts, da ich halb betäubt in einer schon mehr als bloß verrufenen Spelunke hockte, ward meine Aufmerksamkeit ganz plötzlich auf ein schwarzes Etwas gelenkt, welches oben auf einem der ungeheuern Oxhofts voll Gin oder Rum ruhte, aus denen in der Hauptsache die Ausstattung des Raumes bestand. Ich hatte schon einige Minuten lang beständig auf dieses Oxhoft gestarrt, und was mir nun Überraschung machte, war die Tatsache, daß mir das Etwas oben darauf bislang gänzlich entgangen war. Ich trat heran und berührte es mit der Hand. Es war ein schwarzer Kater – ein sehr großes Tier – genau so groß wie Pluto und ihm in jeder Hinsicht ganz ungemein ähnlich – bis auf einen Punkt. Pluto hatte nicht ein weißes Haar an seinem Leibe besessen; doch dieser Kater trug vorn einen großen, ob schon unbestimmten weißen Flecken, welcher nahezu die ganze Brustpartie bedeckte.

Auf meine Berührung hin erhob er sich unmittelbar, schnurrte laut, schmiegte sich an meine Hand und schien über meine Aufmerksamkeit recht entzückt zu sein. Dies war genau ein Tier, wie ich es suchte. Ich erbot mich sogleich, es dem Wirte ab zukaufen;

doch der Mensch erhob gar keinen Anspruch darauf – wußte gar nichts davon – hatt' es noch nie zuvor auch nur gesehen.

Ich setzte mein Streicheln fort, und als ich mich fertig machte, um heim zu gehen, bezeigte das Tier eine deutliche Neigung, mich zu begleiten. Das verwehrte ich ihm nicht, und so gingen wir nebeneinander her, wobei ich mich gelegentlich bückte und ihm das Fell tätschelte. Als es das Haus erreichte, fühlte es sich sogleich dort heimisch und ward in kurzem der Liebling meiner Frau.

Was mich jedoch betrifft, so spürte ich bald rechte Abneigung gegen das Tier in mir aufsteigen. Dies war grad das Gegenteil dessen, was ich eigentlich erwartet hatte; doch – ich weiß nicht, wie es kam und warum es so war – seine offensichtliche Neigung zu mir bereitete mir Ekel und Verdruß. Ganz langsam und allmählich wandelten sich diese Empfindungen in bitterliehen Haß. Ich mied die Kreatur, wo ich's nur konnte; wobei mich ein gewisses Schamgefühl und die Erinnerung an meine frühere grausame Tat daran verhinderten, ihr körperlich ein Leid zu tun. Wochenlang bekam sie weder Schläge noch irgend andere schwere Misshandlungen von mir zu spüren; aber allmählich – ganz langsam und allmählich – kam's dahin, daß ich sie nur mit unaussprechlichem Widerwillen noch betrachten konnte und schweigend ihre verhaßte Gegenwart floh wie den Hauch der Pestilenz.

Was ohne Zweifel meinem Hasse auf das Tier hin zukam, war – an dem Morgen, nachdem ich es mit heimgebracht – die Entdeckung, daß es ganz ebenso wie Pluto eines seiner Augen eingebüsst hatte. Dieser Umstand machte es jedoch nur um so teurer für mein Weib, das, wie ich schon gesagt habe, in hohem Grade jene Menschlichkeit des Fühlens besaß, welche einst mein eignes Wesen ausgezeichnet und die Quelle vieler meiner schlichtesten und reinsten Freuden gebildet hatte.

Mit meiner Aversion gegen diesen Kater jedoch schien gleichzeitig seine Vorliebe für mich zu wachsen. Stets folgte er meinen Spuren mit einer Hartnäckigkeit, welche dem Leser begreiflich zu machen schwer er unter meinen Stuhl, um sich dort hinzukuscheln, oder sprang mir auf die Knie, um mich mit seinen widerwärtigen Liebkosungen zu bedecken. Erhob ich mich, um zu gehen, so geriet er mir zwischen die Füße und brachte mich dadurch fast zu Fall, oder schlug seine langen und scharfen Krallen in meinen Anzug und kletterte mir in dieser Weise zur Brust hinauf. Obschon es mich zu solchen Zeiten verlangte, ihn mit einem Hieb zu erschlagen, hielt mich doch immer wieder Etwas davon ab: – zum Teil war's die Erinnerung an mein früheres Verbrechen, doch in der Hauptsache – ich will's nur gleich gestehen – war's regelrecht *Furcht* vor diesem Tiere. Es war dies freilich durchaus keine Furcht vor körperlichem Schaden – und doch wieder wäre ich verlegen, wie anders ich's beschreiben sollte. Fast ist es mir genierlich zu bekennen – ja, selbst in dieser Verbrecherzelle hier befällt mich nachgerade Scham bei dem Geständnis, daß all das Entsetzen und Grauen, welches das Tier mir eingeflößt hatte, recht eigentlich erhöht noch worden waren durch ein Hirngespinst, wie man es sich kaum trügerischer vorzustellen vermag. Mehr denn einmal hatte meine Frau mein Aufmerken auf die Bildung jenes Flecks von weißem Haar gelenkt, von welchem ich zuvor schon berichtet habe und das den einzigen sichtbaren Unterschied zwischen dem fremden, neuen Tiere und jenem, das ich umgebracht, ausmachte. Der Leser wird sich erinnern, daß dieser Fleck, wennschon groß, ursprünglich sehr unbestimmt gewesen war; doch nach und nach ganz langsam und allmählich – ja, fast kaum wahrnehmbar, so daß meine Vernunft sich langezeit mühte, das Ganze als phantastisch abzutun – hatte er am Ende einen schauerlich eindeutigen Umriß angenommen. Es war nun die Darstellung eines Gegenstandes, den zu nennen es mich graut – und um dessentwillen ich vor allem Ekel litt und Angst und gern des Untiers mich entledigt hätte, *hätt' ich's nur gewagt!* – es war nun, sage ich, das Abbild eines scheußlichen, gespensterlichen Dinges – war das Bild des GALGENS! – oh, grausig, gräßlich Werkzeug des Entsetzens und des Verbrechens – der Seelenangst – des Tods!

Und nun erst wahrlich übertraf mein Elend den ganzen Jammer menschlicher Natur. Und nur ein *unvernünftiges Geschöpf* – dess' Artgenossen ich verachtungsvoll getötet – ein *rohes Vieh* vollbracht' es, mir – *mir*, einem Menschen, geschaffen nach dem Bild des Höchsten Gottes – so viel unsägliches, so unerträgliches Wehleiden zu bereiten! Ach! nicht bei Tage noch tief in der Nacht erfuhr ich mehr die Segnungen der Ruhe! Bei Tage ließ die Kreatur mich nicht mehr einen Augenblick allein; und in der Nacht fuhr ich aus unaussprechlich grausem Angstgeträum wohl stündlich auf, nur um den Atem *des Dinges* heiß auf dem Gesicht zu spüren und sein erdrückendes Gewicht – das eines fleischgewordnen Albs, den abzuschütteln ich die Kraft nicht hatte – nun auch im Wach-Sein ewig auf dem *Herzen*!

Unter dem Druck von Qualen wie diesen mußte der schwache Rest des Guten in mir zum Erliegen kommen. Böse Gedanken wurden meine einzigen Vertrauten – die finstersten und schlimmsten aller Gedanken. Die Verdrießlichkeit meines gewöhnlichen Naturells wuchs zum Haß auf alle Dinge und die ganze Menschheit; indessen mein Weib als ach! die stillste aller Dulderinnen klaglos all die häufigen, jähen und unbezwinglichen Ausbrüche der Wut über sich ergehen ließ, denen ich mich blind und rücksichtslos hingab.

Eines Tages begleitete sie mich auf irgendeinem Haushaltsgange in den Keller des alten Gebäudes, das unsre Armut uns nun zu bewohnen zwang. Der Kater folgte mir die steilen Stufen hinab, und als ich seinetwegen einmal fast der Länge nach hingeschlagen wäre, packte mich eine wahnsinnige Wut. Mit einemmal hatte ich in meinem Grimm die kindische Furcht vergessen, welche meiner Hand bis hierher Einhalt getan; ich packte eine Axt, holte aus und führte einen Streich nach dem Tiere, der ihm gewiß im Augenblick verhängnisvoll geworden wäre, hätte er so getroffen, wie ich's wünschte. Doch dieser Schlag ward von der Hand meines Weibes aufgehalten! Ob dieser Einmischung wandelte sich meine Wut in mehr denn dämonisches Rasen: – ich entzog meinen Arm ih-

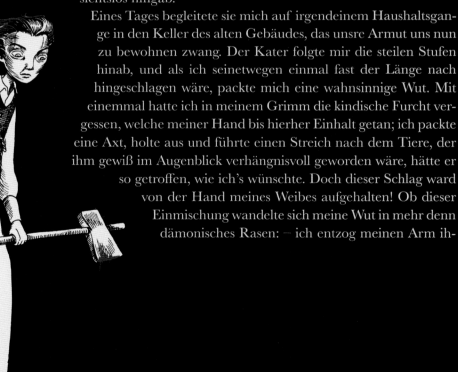

Seufzer fiel sie auf dem Fleck tot nieder.

Kaum war diese scheußliche Mordtat vollbracht, so begab ich mich alsbald in voller Überlegung ans Werk, den Leichnam zu verbergen. Ich wußte, daß ich ihn weder bei Tage noch bei Nacht aus dem Hause bringen konnte, ohne Gefahr zu laufen, von den Nachbarn bemerkt zu werden. Mancherlei Projekte kamen mir in den Sinn. Eine Zeitlang dachte ich daran, die Leiche in winzige Stücke zu schneiden und diese durch Feuer zu vernichten. Ein andermal faßte ich den Entschluß, im Kellerboden ein Grab dafür auszuheben. Dann wieder erwog ich, sie in den Brunnen im Hof zu werfen – sie unter den üblichen Vorkehrungen wie eine Handelsware in eine Kiste zu packen und diese dann durch einen Dienstmann aus dem Hause schaffen zu lassen. Schließlich verfiel ich auf etwas, das ich für einen weit bessern Ausweg ansah denn das bisherige. Ich beschloß, die Leiche im Keller einzumauern – ganz wie's die Mönche des Mittelalters mit ihren Opfern getan haben sollen.

Für einen Zweck wie diesen war der Keller recht wohl geeignet. Seine Wände bestanden aus ziemlich lockerem Mauerwerk und waren erst kürzlich durchwegs mit einem groben Mörtel verputzt worden, dessen Hartwerden die dumpfe Feuchtigkeit der Atmosphäre verhindert hatte. Überdem befand sich an einer der Mauern ein Vorsprung, bedingt durch einen blinden Schornstein oder Kamin, und ihn hatte man aufgefüllt und dem übrigen Keller angeglichen. Ich hegte keinen Zweifel, daß ich an dieser Stelle leicht die Ziegel entfernen, den Leichnam hineinbringen und das Ganze wieder aufmauern könnte wie zuvor, ohne daß hernach ein Auge noch irgend Verdächtiges zu bemerken vermöchte.

Und in dieser Berechnung sah ich mich auch nicht getäuscht. Mit der Hilfe einer Brechstange entfernte ich die Ziegel, und nachdem ich den Körper sorgfältig an die Innenwand gelehnt hatte, stützte ich ihn in dieser Haltung ab und führte sodann ohne viel Schwierigkeit die ganze Mauer wieder auf, wie sie ursprünglich gestanden hatte. Mörtel, Sand und Mauerwolle hatte ich bereits unter allen

möglichen Vorsichtsmaßregeln besorgt; so rührte ich jetzt einen Verputz an, der von dem alten nicht zu unterscheiden war, und strich ihn sehr sorgfältig auf das neue Mauerwerk. Als ich damit fertig war, fand ich alles zu meiner Zufriedenheit gelungen. Man sah der Wand auch nicht die mindeste Veränderung an. Der Schutt auf dem Boden wurde mit der peinlichsten Sorgfalt aufgekehrt. Ich blickte triumphierend in die Runde und sprach zu mir selbst, ›Also hier wenigstens ist meine Mühe nicht vergeblich gewesen.‹
Mein nächster Schritt bestand darin, nach dem Tiere Ausschau zu halten, das die Ursache so vielen Elends gewesen war; denn ich hatte mich unterweil fest entschlossen, es zu Tode zu bringen. Wär' ich's in diesem Augenblick imstande gewesen, es zu erreichen, sein Schicksal hätte keinem Zweifel unterlegen; doch wie es schien, war das verschlagene Biest ob der Heftigkeit meines frühern Wutanfalles in Unruhe geraten und vermied es, mir bei meiner gegenwärtigen Gemütslage über den Weg zu kommen. Es ist unmöglich, zu beschreiben oder auch nur sich vorzustellen, welch tiefes, welch beseligendes Gefühl der Erleichterung mir die Abwesenheit der verhaßten Kreatur im Busen schuf. Sie trat die ganze Nacht nicht in Erscheinung – und somit war es mir, seit ich sie damals mit ins Haus gebracht, für eine Nacht zum mindesten gegeben, gesund und seelenruhig auszuschlafen; jawohl, *zu schlafen* – selbst noch mit der Last des Mordes auf der Seele!
Der zweite und der dritte Tag vergingen, und immer noch erschien mein Quälgeist nicht. Oh, endlich wieder atmete ich als ein freier Mensch! Das Untier war aus Schreck für immer aus dem Haus geflohen! Ich würd' es nimmer wiedersehen müssen! Mir schwindelte vor Glück! Die Sorge vor den Folgen meiner finstern Tat störte mich dabei nur wenig. Wohl war es zu einigen Vernehmungen gekommen, doch hatte ich alle Fragen prompt und glatt beantwortet. Sogar eine Haussuchung war schließlich vorgenommen worden – aber zu entdecken war natürlich nichts. Ich betrachtete mein Zukunftsglück als gesichert.
Am vierten Tage nach dem Meuchelmord kam sehr unerwarteterweise eine Gruppe Polizisten in das Haus und ging abermals

daran, das ganze Grundstück rigoros zu durchsuchen. Sicher jedoch, daß mein Verstecksort unauffindbar sei, empfand ich nicht die mindeste Beunruhigung. Die Beamten baten mich mit einiger Bestimmtheit, sie auf ihrem Rundgang zu begleiten. Sie ließen keinen Winkel, keine Ecke undurchsucht. Schließlich stiegen sie, zum dritten oder vierten Male schon, in den Keller hinab. Ich zuckte nicht mit der Wimper. Mein Herz schlug ganz so ruhig wie bei einem Menschen, der in unschuldigem Schlummer liegt. Ich durchmaß den Keller von einem Ende zum andern. Ich verschränkte die Arme über der Brust und schritt in völliger Gelassenheit auf und ab. Die Polizei war ganz und gar zufriedengestellt und schickte sich zum Gehen an. Da war die Freude in meinem Herzen zu mächtig, als daß ich sie hätte zurückhalten können. Ich brannte darauf, meinem Triumph Ausdruck zu geben, und sei's mit einem Wort nur, und sie in ihrer Überzeugung von einer Schuldlosigkeit doppelt sicher zu machen.

«Meine Herren», sagte ich denn schließlich, als die Gesellschaft bereits die Stufen hinanstieg, «ich bin entzückt, Ihre schlimmen Verdächtigungen entkräftet zu haben. Ich wünsche Ihnen alles Gute und ein bisschen mehr Höflichkeit. Übrigens, meine Herren, das Haus – dies Haus hier – ist doch ein sehr solider Bau, finden Sie nicht auch?» (In meinem tollen Verlangen, irgendetwas leichten Sinns zu sagen, wußte ich kaum noch, was ich da eigentlich redete.) «Ja, ich darf wohl sagen, ein geradezu prachtvoll solider Bau! Diese Wände ah, Sie wollen schon gehen, meine Herren? – diese Wände – alles grundmassive Mauern –«Und damit pochte ich, aus bloßem wahnwitzigen Übermut, mit einem Stocke, den ich in der Hand hielt, genau auf diejenige Stelle des Ziegelwerks, dahinter der Leichnam meines Herzensweibes stand.

Doch mög' mich Gott beschirmen und beschützen vor den Fängen des Erzfeinds! Noch waren meine Schläge nicht in der Stille verhallt, da schallte es mir Antwort aus dem Grabesinnern! – ein Stimmlaut – wie ein Weinen, erst gedämpft, gebrochen, dem Wimmern eines Kindes gleich, doch dann – dann schnell anschwellend in ein einziges grelles, lang anhaltendes Geschrei – ein Heulen – ein Klag-Geschrill, aus Grauen halb und halb aus Triumph gemischt, so widermenschlich und -natürlich, daß es nur aus der Hölle selbst heraufgedrungen sein konnte, vereinigt aus den Kehlen der Verdammten in ihrer Pein und der Dämonen, die ob der Qualen jauchzen und frohlocken.

Was soll ich noch von meinen eigenen Gedanken sprechen! Mit schwindenden Sinnen taumelte ich zur gegenüberliegenden Wand hinüber. Einen Augenblick lang blieb die Gesellschaft auf der Treppe reglos, im Unmaß des Entsetzens und des Grauens. Doch schon im nächsten mühten sich ein Dutzend derbe Arme an der Mauer. Sie fiel zusammen. Der Leichnam, schon stark verwest und von Blut rünstig, stand aufrecht vor den Augen der Betrachter. Auf seinem Kopfe aber saß, mit rot aufgerissenem Rachen und feuersprühendem Einzelaug', die scheußliche Bestie, deren Verschlagenheit mich zum Morde verführt und deren anklagende Stimme mich dem Henker überliefert hatte. Ich hatte das Untier mit ins Grab gemauert!

# DAS EILAND
# UND DIE FEE

*Nullus enim locus sine genio est.*
SERVIUS, ZU AEN. V., 95

## DAS EILAND UND DIE FEE

*a musique*›, sagt Marmontel in jenen ‹Contes Moraux›, die all' unsre Übersetzer bisher so beharrlich mit ‹Moralische Erzählungen› überschrieben haben, dem darin vorwaltenden Esprit gleichsam zum Hohn[1] – ‹*la musique est le seul des talents qui jouissent de lui-même; tous les autres veulent des témoins.*› Ihm ist hier zweierlei durcheinandergeraten: der Lustgewinn aus süßen Tönen einer-, und die Fähigkeit solche hervorzubringen andererseits. Nicht mehr als sonst irgendein *Talent*, gewährt auch das für Musik, dort wo keine zweite Partei vorhanden ist, die Ausübung zu würdigen, einen ganz vollen Genuß. Und auch das hat sie mit anderen Talenten durchaus gemein, daß sie *Leistungen* hervorbringt, die man in der Einsamkeit sehr wohl voll & ganz genießen kann. Der hier zugrunde liegende Gedanke, den der *raconteur* sich entweder selbst nicht bis ins Letzte klar gemacht, oder aber dessen korrekte Formulierung er der Pointensucht seiner Nation zum Opfer gebracht hat, ist zweifellos der folgende, sehr vertretbare, gewesen: daß die höchste Gattung der Musik dann am nachhalltigsten gewürdigt wird, wenn wir aufs exklusivste allein sind. In dieser Form dürfte die These sogleich von Denen zu gestanden werden, die die Lyra um ihrer selbst ebenso wie um ihrer spirituellen Möglichkeiten willen lieben. Aber es gibt noch einen anderen Genuß, der innerhalb der Reichweite von uns gefallenen Sterblichen liegt – und vielleicht nur diesen einen – der in noch höherem Maße als die Musik auf der zusätzlichen Würze der Abgeschiedenheit beruht. Ich meine das Glücksgefühl, das wir bei Betrachtung von Landschaften empfinden. Wahrlich, der Mensch, der hier auf Erden GOttes Pracht so recht erschauen will, muß diese Pracht in Einsamkeit erschauen. Mir wenigstens ist die Gegenwart – nicht nur menschlichen Lebens; sondern von Leben in jeglicher anderen Gestalt, als der jener grünen Dingwesen, die

## DAS EILAND UND DIE FEE

dem Erdreich entwachsen und die stimmlos sind – ein Flecken auf einer Landschaft – liegt im Widerstreit mit dem Genius der Szene. Betrachte ich doch, offen gestanden, gern die dunklen Talgründe, und die grauen Felsen, das schweigende Gelächel der Wasserscheiben, und die Wälder, unruhig seufzend in Dämmerträumen, auch die wachsam stolzen Berge, die auf all das herabschauen – gern betrachte ich sie als nichts, denn die riesigen Einzelglieder eines belebten & empfindenden mächtigen Ganzen – eines Ganzen, dessen Gestalt (die des Sphäroids) die vollkommenste & umfassendste von allen ist; dessen Weg inmitten von Planetengenossen dahinführt; dessen schüchterne Gehülfin die Luna, dessen nächst-mittelbarer Souverän der Sol ist; dessen Dasein Ewigkeit heißt; dessen Denken das einer GOttheit, und dessen Genuß Wissen ist; dessen Bestimmung sich im Unendlichen verliert; und dessen Kenntnis von unsselbst vergleichbar sein wird, mit der Kenntnis, die wir von den *animalculae* haben, wie sie wohl unser Hirn behelligen – ein Wesen, das wir folglich als rein unbelebt & anorganisch betrachten; ganz auf dieselbe Weise, wie besagte *animalculae* uns betrachten werden & müssen.

Unsere Teleskope nicht minder als unsere mathematischen Analysen bestätigen uns in jeglicher Beziehung – das heuchlerische Rotwelsch des unwissenderen Teiles der Priesterschaft einmal beiseite gesetzt – daß Raum, und ergo, daß Massigkeit eine Sache von Belang & Bedeutung in den Augen des Allmächtigen sei. Die Bahnen, auf denen sich die Sterne bewegen, sind so angelegt, daß sich die größtmögliche Zahl von Körpern bei der geringstmöglichen Gefahr eines Zusammenstoßes darauf ergehen kann. Die Gestalt dieser Körper ist genau diejenige, die bei einer gegebenen Oberfläche den größtmöglichen Inhalt in sich beschließt – während diese Oberflächen selbst wiederum so untergliedert sind, um eine dichtere Besiedelung zu erlauben, als es auf einer gleich großen, aber anders unterteilten Oberfläche möglich wäre. Und dagegen, daß Massigkeit bei GOtt von Bedeutung sei, wäre auch das kein Argument, daß der Raum selbst unendlich ist; könnte es doch durchaus eine Entsprechung von Materie geben, ihn zu füllen. Und da wir

**DAS EILAND UND DIE FEE**

weiterhin klar erkennen, daß es sich bei der Belebtheit der Materie um ein Konstruktionsprinzip – ja, soweit unsre Einsicht reicht, sogar um das *leitende* Konstruktionsprinzip – der GOttheit handelt, dürfte es kaum logisch sein, es sich auf die Bereiche des Sehr=Kleinen, wo wir es täglich antreffen, beschränkt vorzustellen, und sich auf die des Erhabenen nicht zu erstrecken. Da wir Weltenkreise in Weltenkreisen wahrnehmen, ohne Ende – die aber sämtlich um ein sehr weit entferntes Zentrum rotieren, welches eben die Gottheit ist – dürften wir nicht, analog hierzu, annehmen, dass auf gleiche Weise Leben von Leben umschlossen existiert, das kleinere innerhalb des größeren, und Alle zusammen im Göttlichen Geiste? Kurzum, wir irren infolge von Selbstüberschätzung aufs unsinnigste, wenn wir den Menschen, ob nun seiner zeitlichen oder zukünftigen Bestimmung nach, für bedeutsamer im Universum erachten, als jene weitgedehnte Erdenscholle, die er bebaut & in seinem Hochmut gering schätzt, und der er eine Seele aus keinem profunderen Grunde abspricht, als weil er ihr Wirken nicht wahrnehmen kann.[2] Solche & ähnliche wunderliche Einfälle mehr, ob zwischen Bergen oder tief in Wäldern, ob an Wasserläufen oder am Meeresstrand, haben meinen Betrachtungen eigentlich schon immer eine Färbung von dem gegeben, was die Welt der Alltägler sicherlich nicht verfehlen würde, als ›fantastisch‹ zu bezeichnen. Meiner Wanderungen inmitten solcher Umgebungen sind viele gewesen, auch lang & weit, und oftmals einsam unternommen; und die Anteilnahme, mit der ich durch so manches dämmernd tiefe Talgewind geschweift bin, oder lange in das Himmelsspiegelbild so manchen hellen Sees gestaunt habe, ist eine Anteilnahme gewesen, die der Gedanke, daß ich *allein* so staunte & schweifte, noch erheblich gesteigert hat. Wie hieß doch jener schnippische Franzose[3], der mit Anspielung auf das bekannte Zimmermann'sche Buch gesagt hat, daß ›*la solitude est une belle chose; mais il faut quelqu'un pour vous dire, que la solitude est une belle chose*‹? Nichts gegen das Bonmot als solches; aber von der behaupteten *il faut*-Notwendigkeit ist gar keine Rede.

## DAS EILAND UND DIE FEE

Auf einer von diesen beschriebenen einsamen Fußreisen war es – in einem Hochland, weit von hier; Bergzug verschränkt mit Bergzug, zwischen denen sich allerorten düstere Wasserläufe dahinringelten, oder kleine Seen schwermütig schlummerten – daß ich von ungefähr an ein Flüsschen geriet, in dem ein Eiland lag. Mitten im laubreichen Juni stieß ich unversehens so auf sie, und warf mich auf den Rasen, unter die Ruten eines unbekannten duftenden Strauches, auf daß ich wachen Auges träumen möchte, während ich das Bild vor mir sinnend erwöge. Ich fühlte, daß ich es nur so angemessen würdigen könne – entsprechend dem Charakter der ›Erscheinung‹, die es trug.

Auf allen Seiten – Westen ausgenommen, wo die Sonne sich eben zum Sinken anschickte – ragten die vielgrünen Wände des Hochwalds auf. Der kleine Fluß, der einen scharfen Knick in seinem Lauf machte und infolgedessen unvermittelt dem Blick entschwand, schien aus seinem Talgefängnis keinen Ausgang zu haben, vielmehr von dem tiefgrünen Laubwerk des Baumbestandes im Osten wie aufgesaugt zu werden - während im gegenüberliegenden Himmelssektor (so wenigstens schien es mir, da ich ausgestreckt lag und den Blick höher richtete) lautlos aber unaufhaltsam ein voller rot= & goldner Wasserfall, gespeist aus himmlischen Sonnenuntergangsquellen, herabzugießen schien.

Schier mittwärts der begrenzten Aussicht, die mein auf Träumung eingestellter Blick umfaßte, ruhte, verschwenderisch begrünt, ein klein=kreisrundes Eiland auf dem Busen der Flut, wo

Ufer & Schatten sich vermengt,
und wie im Äther schwebend hängt –

und so spiegelgleich war das glatte Wasser, daß es schwerlich möglich gewesen wäre, anzugeben, an welchem Punkt der Böschung des smaragdnen Rasens, sein kristallenes Reich genau begann.

Mein Standpunkt hier ermöglichte mir, mit einem Blick beide Enden des Eilands, das östliche wie das westliche, zu umspannen, und eine eigentümlich ausgeprägte Unterschiedlichkeit in ihrem Habi-

# DAS EILAND UND DIE FEE

tus fiel mir auf: das Westend war 1≠einz'ger strahlender Harem von Gartenschönen; da glüht' es & blühte's unterm Blick des schalkisch auf die Seite gelegten Sonnenhauptes, und lachte förmlich vor Geblümtheit. Das Gras war dort kurz & federnd, süßduftend & asphodeldurchsetzt. Die Bäume waren aufrecht, froh, geschmeidig – licht & schlank & reizvoll – orientalisch von Gestalt & Blattwerk, mit Rinden, seidig schimmernd & buntgeschäckt. Ein Hochgefühl von Leben & Freude schien über dem Ganzen zu liegen; und ob schon keine Himmelsgegend etwelches Lüftchen entsandte, wirkte doch Alles dort schwebend regsam, infolge des sanft≠kleinen Hin & Her zahlloser Schmetterlinge, die mühelos auch als flügge Tulpen zu denken gewesen wären.[4]

Das andere, oder östliche, Ende des Eilands war unter schwärzestem Schatten verschüttet. Dunkle, doch schöne & friedvolle Düstre durchdrang hier alle Dinge. Die Bäume waren finster von Farbe, und leidtragend in Haltung & Gestalt – verkrümmter Gebärdung, trüb feierlich gespenstisch, darob Einem Gedanken an Sterblichkeit einkamen, und Kummer, und vorzeitigen Tod. Das Gras im Grund hatte die tiefere Färbung der Zypresse, und die Spitzen seiner Lanzetten hingen schwunglos; und hier & dort dazwischen, wurde so manch ungute kleine Hüg'lung erkennbar, flach & schmal & gar nicht so lang, bei der man an Gräber dachte (was es sicher nicht war), obwohl allüberall und auch zwischendurch es wie Raute klomm & wie Rosmarin. Der Schatten der Bäume fiel schwer über's Wasser, und schien sich darin zu begraben, die Tiefen des Elements zu durchtränken mit Finstrung. Ich bildete mir ein, wie jedweder Schatte, im Takt & Aber≠Takt des Sonne-Sinkens, sich mürrisch löse vom Strunk, der ihn gebar, und flugs eingeschluckt werde vom Strom; während den Stämmen fortwährend weitere Schatten entgingen, und den Platz ihrer Vorgänger einnähmen, der all≠so wasserbestatteten.

Diese Idee, nachdem sie erst einmal von meiner Fant'sie Besitz ergriffen hatte, regte mich mächtig an, und ich verlor mich stracks in Traumgrübelein. «Wenn je ein Eiland verzaubert war» – sprach ich bei mir zu mir – «ist es dies. Hier ist der heimliche Aufenthalt

# DAS EILAND UND DIE FEE

der paar guten Feen, die aus der über ihr Geschlecht hereingebrochenen Katastrofe noch übrig sind. Sind diese grünen Gräblein ihre? – oder geben sie ihre süßen Geister überhaupt so auf, wie ein Gemensch den seinen? Nehmen sie, wenn es ans Sterben geht, nicht vielmehr gramvoll ab, und geben der Gottheit ihre Daseinssumme wieder, Stück um Stück; ähnlich wie jene Bäume dort Schatten auf Schatten abgeben, und so ihre Wesenheit erschöpfen, bis zur Auflösung? Was der abnehmende Baum dem Wasser ist, das seinen Schatten aufschlürft & schwarztintiger wird ob der gemachten Beute – könnte durchaus das Leben der Fee dem Tode sein, der es kiefernd hineinschlingt.»

Während ich, halbgeschlossenen Auges, solcherlei sann; während die Sonne, gebieterisch schnell, zur Rüste ging, und kleine Strudel hurr' Dich das Eiland umrundeten – auf ihren Zwirbelbrüstchen große, wirre, weiße Schuppen von Sykomorenrinde tragend – Schuppen in deren musivische Vielheit, wassergeschunkelt, eine feurige Einbildungskraft mühelos alles Beliebige hätte hineingeheimnissen können – während ich dergestalt ruhend sann, erschien es mir, wie wenn die Figur einer jener Feen, über die ich eben noch gedankenspielt hatte, aus dem Lichtraum am Westend des Eilands, zögernd den Weg hinein nähme in Dunkelheit. Aufgerichtet stand sie, in einem wunderlich gebrechlichen Kleinstkanu, und das, womit sie es antrieb, war nur der schlanke Geist eines Ruders. Solange sie sich im Einflußbereich der listig=zögernden Strahlung befand, sprach es wie hohe Freude aus ihrer ganzen Gebärdung – doch Kummer verunstaltete sie, da sie durch die Schatten fürder zog. Langsam glitt sie dahin; umrundete endlich das Eiland; und trat neuerlich ein in die Bereiche des Lichts. – «Der Umlauf,

# DAS EILAND UND DIE FEE

## DAS EILAND UND DIE FEE

den die Fee soeben vollbracht hat», theoretisierte ich sinnend fort, «entspricht dem kurzen Kreis eines Jahrs ihres Daseins. Sie hat ihren Winter durchschifft, und auch ihren Sommer. Sie ist 1 Jahr näher dem Tode; denn es entging mir ja wohl nicht, daß bei ihrem Eintritt in die Schatten, ihr eigener von ihr abfiel, und von dem finstren Wasser eingeschlungen wurde, dessen Schwarzheit darob schwärzer geriet.»

Und neuerlich kam das Boot in Sicht, und mit ihm die Fee; aber in der Haltung der Letzteren sprach sich größere Sorge aus, und mehr Unsicherheit, und wen'ger von elastischer Ekstase. Wiederum floß sie dahin, aus Licht in Düsternis (die vertiefte sich zusehends) und einmal mehr entfiel ihr ein Schatten, hinein in die ebenhölzerne Flüssigkeit, und wurde aufgesaugt in deren Schwärze. Und wieder – & wieder – beschrieb sie ihre Kreisbahn, ums Eiland herum, (während die Sonne hinab rauschte in Schlummerkammern); und jedesmal, wenn sie wieder heraustrat ins Licht, sprach ihre Gestalt von größerem Kummer, (während der Schimmer stets schwächlicher wurde, und matter, und undeutlicher); und Jedmal, wenn sie's in die Finsternis trug, verarmte sie um 1 dichteren Schatten, den es sogleich in schwärzere Düsterung schwemmte. Aber zuschlechterletzt, da die Sonne endgültig Abschied genommen, lenkte die Fee, nunmehr ein bloßer Schatte noch ihres ehemaligen Selbst, trostlos mit ihrem Boot ein in die ebenhölzern flutenden Reiche – und daß sie wied'raus aufgetaucht wäre, weiß ich nicht mehr zu sagen; denn Dunkelheit überfiel alle Dinge, und ich sah ihre magische Figur nicht mehr.

# DAS VERRÄTERISCHE HERZ

**W**ahrhaftig! – reizbar – sehr, fürchterlich reizbar warn meine Nerven gewesen, und sie sind es noch; doch warum meinen Sie, ich sei verrückt? Das Leiden hat meine Sinne geschärft – und keineswegs zerrüttet oder abgestumpft. Schier unvergleichlich scharf war mein Gehörssinn. Ich hörte alle Dinge im Himmel und auf Erden. Ich hörte viele Dinge in der Hölle. Wie? – bin ich darum verrückt? Geben Sie acht! und merken Sie auf, wie grundgesund – wie ruhig ich Ihnen die ganze Geschichte erzählen kann.

Wie der Gedanke zum erstenmal in mein Hirn drang, läßt sich unmöglich sagen; doch nachdem ich ihn einmal gefaßt, verfolgte er mich ständig Tag und Nacht. Ein Zweck war nicht dabei. Auch keine Leidenschaft. Ich mochte den alten Mann gern. Er hatte mir niemals Unbill zugefügt. Er hatte mich nie beleidigt. Nach seinem Geld gelüstete mich's nicht. Ich denke, es war sein Auge! ja, das war's! Er hatte das Auge eines Geiers – ein blaßblaues Auge mit einem Häutchen darüber. Sooft dessen Blick auf mich fiel, überlief es mich kalt; und so kam ich denn nach und nach – ganz langsam und allmählich – zu dem Entschlusse, dem alten Mann das Leben zu nehmen und somit des Auges auf immer ledig zu werden.

Hier liegt nun der springende Punkt. Sie meinen, ich sei verrückt. Verrückte sind Wirrköpfe. Nun, da hätten Sie aber einmal *mich* sehen sollen! Sie hätten sehen sollen, wie klug ich vorging – mit welcher Vorsicht – mit welch weiser Voraussicht – mit welcher Verstellung ich zu Werke ging! Nie war ich freundlicher zu dem alten Manne denn während der einen ganzen Woche, eh' ich ihn mordete. Und jede Nacht, um Mitternacht, drückt' ich die Klinke seiner Türe nieder und öffnete sie – oh, so sanft! Und wenn ich sie dann so weit geöffnet, dass mein Kopf hindurchpaßte, steckte ich eine Blendlaterne hinein – die ganz dicht geschlossen war, so dass kein Schein nach außen dringen konnte – und dann den Kopf hinterher. Oh, wenn Sie gesehen hätten, wie listig ich das anfing, – Sie hätten lachen müssen! Ich bewegte ihn ganz langsam – ganz, ganz langsam – um ja den alten Mann nicht im Schlafe zu stören. Es kostete mich eine Stunde, bis ich den Kopf zur Gänze so weit durch die Öffnung gebracht hatte, daß ich den Alten sehen konnte, wie er auf seinem Bette lag. Ha! – wäre wohl ein Verrückter so klüglich verfahren? Und dann, wenn ich den Kopf so recht im Raume hatte, blendete ich behutsam die Laterne auf – oh, so behutsam – behutsam (denn die Scharniere knarrten) blendete ich sie grad so weit auf, daß ein einziger dünner Strahl auf das Geierauge fiel. Und dieses tat ich sieben lange Nächte lang – stets just um Mitternacht – doch immer fand ich das Auge geschlossen; und so war es unmöglich, zu Werke zu gehen; denn es war ja nicht der alte Mann, der mich quälte, es war sein Böses Auge, war sein Böser Blick. Und jeden Morgen, wenn der Tag dann anbrach, ging ich kühn in seine Kammer und unterhielt mich dreist mit ihm, indem ich ihn in herzlichem Tone beim Namen nannte und mich erkundigte, wie er die Nacht verbracht habe. Sie sehen also – er wäre schon ein sehr schlauer alter Mann gewesen, hätte er geargwöhnt, dass ich in jeder Nacht, genau um zwölf, geschlichen kam, um ihn im Schlaf zu betrachten.

In der achten Nacht war ich beim Öffnen der Türe noch vorsichtiger als gewöhnlich. Der Minutenzeiger einer Uhr bewegt sich geschwinder, denn ich es tat. Niemals vor dieser Nacht noch hatte ich das Ausmaß meiner eignen Kräfte und meines Scharfsinns so tief empfunden. Kaum vermochte ich meinen Triumphgefühlen zu gebieten. Zu denken, daß ich hier war und langsam, Stück um Stückchen, die Türe öffnete – und daß er nicht einmal im Traume etwas von meinen heimlichen Taten und Gedanken ahnte! Ich mußte förmlich kichern bei dieser Vorstellung; und vielleicht hörte er mich; denn ganz plötzlich bewegte er sich auf dem Bette, als habe ihn etwas aufschrecken lassen. Nun denken Sie wohl, ich hätte mich zurückgezogen – aber keineswegs! In seinem Zimmer herrschte eine Finsternis von dichter Pechesschwärze (denn die

Läden waren fest geschlossen, aus Furcht vor Einbrechern), und so wußte ich, daß er's nicht sehen konnte, wenn die Tür sich öffnete, und fuhr denn also fort, sie weiter, immer weiter aufzuschieben. Ich hatte den Kopf schon drinnen und war eben dabei, die Laterne zu öffnen, da glitt mein Daumen auf dem blechernen Riegel ab, und der alte Mann fuhr im Bette hoch und schrie – «Wer ist dort?»

Ich blieb ganz still und gab keine Antwort. Eine geschlagene Stunde lang bewegte ich keinen Muskel, und während dieser ganzen Zeit hörte ich nicht, daß er sich wieder legte. Er saß noch immer aufrecht in seinem Bett und lauschte; – grad so wie ich es, Nacht um Nacht, getan, das Klopfen der Totenuhren in der Wand zu behorchen.

Jetzt vernahm ich ein leichtes Stöhnen, und ich wußte, es war ein Stöhnen tödlichen Entsetzens. Es war kein Laut des Schmerzes oder Kummers – oh, nein! – es war der leise erstickte Laut, der vom Grunde der Seele sich löst, wenn übermächtiges Grauen auf ihr lastet. Ich kannte diesen Laut nur allzu gut. So manche Nacht schon, grad um Mitternacht, wenn alle Welt schlief, ist er im eignen Busen mir heraufgestiegen und hat mit seinem fürchterlichen Echo die Schrecken noch vertieft, die mich verstörten. Ich sage, ich kannte ihn gut. Ich wußte, was der alte Mann empfand, und eigentlich tat er mir leid, wiewohl in meinem Herzen ein Kichern saß. Ich wußte, daß er wachgelegen hatte – seit jenem ersten leiseleichten Geräusch, mit dem er sich im Bett herumgedreht. Und unablässig seither war die Angst in ihm gewachsen. Er hatte sich vorzustellen versucht, daß sie grundlos sei, doch war's ihm nicht gelungen. «Es ist nichts denn der Wind im Kamine», hatte er sich zugeredet, «es ist nur eine Maus, die über den Boden läuft» oder «es ist bloß ein Heimchen, das einen einzigen Zirper getan hat». Ja, mit derlei Mutmaßungen hatte er sich zu trösten versucht: doch war das alles vergeblich gewesen. *Vergeblich* alles: denn der Tod war zu ihm getreten und vor ihm hergeschritten und hatte mit seinem schwarzen Schatten das Opfer eingehüllt. Und es war die Trauerwirkung dieses unsichtbaren Schattens, welche ihn die Anwesenheit meines Kopfes in der Kammer *empfinden* ließ, obschon er sie weder sah noch hörte.

Nachdem ich lange Zeit in aller Geduld gewartet, ohne zu vernehmen, daß er sich niederlegte, beschloß ich, die Laterne um einen kleinen – um einen ganz, ganz kleinen Spalt zu öffnen. Ich tat's – und Sie können sich nicht vorstellen, wie – *wie* verstohlen und leise – *bis* schließlich ein einziger trüber Strahl, dünn wie ein Spinnwebfaden, aus der Ritze schoß und voll auf das Geierauge fiel.

Es war offen – weit, weit offen – und Wut überkam mich, da ich darauf starrte. Ich sah es mit vollendeter Deutlichkeit – das häßliche bläßliche Blau – mit der scheußlichen Häutchenhülle darüber, deren Anblick mich bis ins Mark der Knochen frösteln ließ; doch von Gesicht oder Gestalt des alten Mannes vermochte ich weiters nichts zu erblicken: denn ganz wie instinktiv hatte ich den Strahl genau auf jenen verfluchten Fleck gerichtet.

Und habe ich Ihnen nicht gesagt, daß was Sie fälschlich für Verrücktheit nehmen, nichts ist denn eine Überschärfe der Sinne? – jetzt, sag' ich, jetzt drang mir zu Ohr ein leiser, dumpfer, hastiger Pochlaut, wie eine Uhr ihn hören läßt, wenn man sie in Kattun gewickelt hat. Ich kannte auch *diesen* Laut sehr gut. Es war das Herz des alten Mannes, das da schlug. Es steigerte meine Wut, wie Trommelschlag den Mut des Soldaten aufspornt.

Aber selbst jetzt noch hielt ich an mich und blieb still. Ich atmete kaum. Die Laterne bewegte sich nicht. Ich versuchte, wie unverrückbar still ich den Strahl auf das Auge gerichtet halten konnte. Derweilen wuchs das höllische Getrommel des Herzens immer mehr. Es wurde rascher und rascher in jedem Augenblick und lauter und immer lauter. Des alten Mannes Entsetzen muß schier ohne Maß gewesen sein! Lauter, so sagte ich, pocht' es, lauter in jedem Moment! – hören Sie auch gut zu? Ich sagte Ihnen doch, daß meine Nerven reizbar sind: das sind sie. Und nun, um die Mittstunde der Nacht, von der furchtbaren Stille jenes alten Hauses umlauert, erregte mich dies sonderbare Geräusch bis zu unbezähmlichem Entsetzen. Doch abermals noch hielt ich minutenlang an mich und stand regungslos. Aber das Schlagen ward lauter, lauter! Ich dachte, das Herz müßte mir zerspringen. Und nun packte mich eine neue Sorge – ein Nachbar könnte das laute Pochen hören! Die Stunde des alten Mannes war gekommen! Mit einem Gellschrei riß ich die Laterne auf und sprang bis ins Zimmer. Er kreischte – einmal – doch nur einmal noch. Im Augenblick hatte ich ihn auf den Boden gezerrt und das schwere Deckbett über ihn geworfen. Dann lächelte ich fröhlich, daß die Tat so weit getan war. Minutenlang noch freilich schlug das Herz mit dumpf gedämpftem Pochen weiter. Doch störte das mich nicht; durch die Wand hindurch würde man es nicht hören. Endlich dann setzte es aus. Der alte Mann war tot. Ich zog das Bett zurück und untersuchte den Leichnam. Ja, er war tot, mausetot. Ich legte die Hand auf sein Herz und ließ sie mehrere Minuten lang darauf ruhen. Kein Pulsschlag war zu spüren. Er war mausetot. Sein Auge würde mich nie mehr plagen.

Sollten Sie noch immer der Ansicht sein, ich sei verrückt, so werden Sie sofort anders denken, wenn ich Ihnen die raffinierten Vorsichtsmaßnahmen beschreibe, die ich nun ergriff, die Leiche zu verbergen. Die Nacht schritt voran, und ich arbeitete hastig, doch in aller Stille. Zuerst zerlegte ich den Leichnam. Ich schnitt den Kopf herab sowie die Arme und Beine.

Dann hob ich drei Bohlen im Fußboden der Kammer auf und deponierte alles zwischen den Verbundstücken. Darauf brachte ich die Bretter so geschickt, so fachkundig wieder an ihre Stelle, daß kein menschliches Auge – nicht einmal *seines* – etwas Unrechtes daran hätte entdecken können. Es gab nichts wegzuwaschen – kein Fleckchen – keinerlei Blutspur. Dazu war ich denn doch zu schlau gewesen. Ein Zuber hatte alles derartige aufgenommen – ha! ha!

Als ich diese Arbeiten zu Ende gebracht hatte, war es vier Uhr – und noch so finster wie um Mitternacht. Als die Glocke eben die Stunde schlug, ertönte ein Klopfen von der Haustür herauf. Ich ging mit leichtem Herzen hinunter, zu öffnen – denn was hatte ich *nun* noch zu fürchten? Drei Männer traten ein, die sich mit vollendeter Liebenswürdigkeit als Beamte der Polizei vorstell-

# DAS VERRÄTERISCHE HERZ

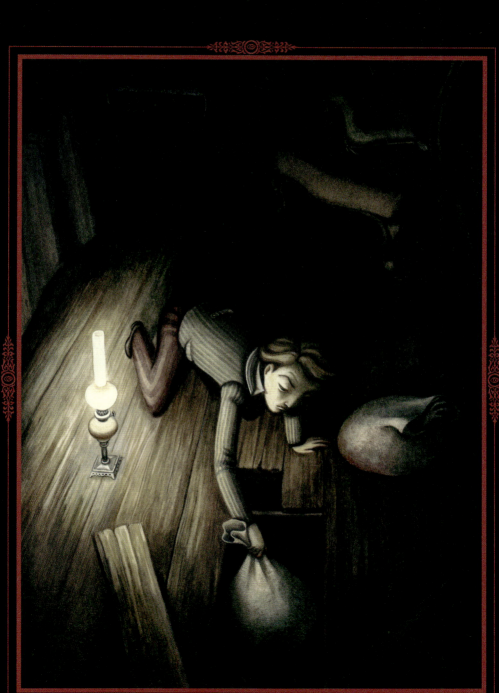

ten. Ein Schrei sei während der Nacht von einem Nachbarn vernommen worden; er habe Verdacht geschöpft, es könne da etwas faul sein; so sei denn Anzeige erstattet worden auf dem Polizeibüro, und sie (die Beamten) habe man abgeordnet, der Sache an Ort und Stelle nachzugehen.
Ich lächelte – denn *was* hatte ich wohl zu fürchten? Ich bat die Herren herein. Der Schrei, so sagte ich, sei mir selber im Traume entfahren. Der alte Mann, erwähnte ich, sei auf das Land gereist. Ich führte meine Besucher durch das ganze Haus. Ich bat sie, doch zu suchen – recht genau zu suchen. Ich zeigte ihnen schließlich *seine* Kammer. Ich wies ihnen seine Schätze – sicher, unversehrt. Im Vollgefühle meines Selbstvertrauens holte ich Stühle ins Zimmer und drängte sie, doch hier von ihren Mühen auszuruhen, indessen ich selber im wilden Rausch meines vollkommenen Triumphes meinen eigenen Stuhl genau auf die Stelle rückte, darunter die Leiche des Opfers ruhte.
Die Beamten waren zufrieden. Mein *Verhalten* hatte sie überzeugt. Ich fühlte mich bei blendender Laune. Sie nahmen Platz, und während ich heiter und gelassen antwortete, schwatzten sie über alle möglichen Alltäglichkeiten. Doch gar nicht lange, so spürte ich, wie ich bleich ward, und wünschte sie fort. Mein Kopf schmerzte, und in den Ohren glaubte ich ein Klingen zu hören: doch sie saßen fest und schwatzten weiter. Das Klingen war es deutlicher: – es dauerte an und ward immer deutlicher: ich redete munterer kreuz und quer, um das Gefühl loszuwerden: doch es dauerte an und gewann Entschiedenheit – bis ich denn schließlich merkte: das Geräusch war nicht in meinen Ohren!
Zweifellos wurde ich nun überaus bleich; – doch flüssiger noch plauderte ich dahin und mit erhobener Stimme. Doch das Geräusch nahm zu – was konnt' ich nur tun? Es war ein *leiser, dumpfer, hastiger Pochlaut, wie eine Uhr ihn hören lässt, wenn man sie in Kattun gewickelt hat!* Ich rang nach Atem – und doch vernahmen's die Beamten nicht. Ich redete geschwinder – vehement; doch das Geräusch nahm immer weiter zu. Ich sprang vom Stuhle auf und disputierte über Nichtigkeiten, in hochgestochenem Ton und hitzigen Ge-

bärden; doch das Geräusch nahm immer weiter zu. Warum nur wollten sie nicht gehen? Ich ging mit schweren Schritten auf und ab, wie wenn die Bemerkungen der Männer mich in Wut gebracht hätten – doch das Geräusch nahm immer weiter zu. Oh Gott! was *konnte* ich tun? Ich schäumte – ich tobte – ich fluchte! Ich schwang den Stuhl in die Höhe, auf dem ich gesessen hatte, und schmetterte ihn krachend auf die Bretter, doch das Geräusch nahm zu und übertönte alles. Es wurde lauter – lauter – wurde immer lauter! Und immer noch schwatzten die Männer munter vor sich hin und lächelten. War es denn möglich, daß sie gar nichts hörten? Allmächtiger Gott! – nein, nein! Sie hörten's wohl! – sie hatten schon Verdacht! – sie *wußten!* – sie machten sich nur lustig über mein Entsetzen! – so dacht' ich, und so denke ich noch jetzt. Doch alles lieber noch als diese Qual! Alles ertragen – nur nicht diesen Spott! Ich hielt dies gleisnerische Lächeln nicht mehr aus! Ich fühlt's, ich mußte schreien oder sterben! und nun – horch! – wieder! – lauter! lauter! *lauter!* «Ihr Schurken!» kreischt' ich, «laßt die Heuchelei! Ich will die Tat gestehn! – hier! reißt die Bohlen auf! – hier schlägt's! hier schlägt sein fürchterliches Herz!»

# DER FALL DES HAUSES ASCHER

*Sein Herz gleicht der hängenden Laute;*
*rürst Du sie nur an – sie erklingt.*

BÉRANGER, ‹LE REFUS›

## DER FALL DES HAUSES ASCHER

Einen geschlagenen Tag lang, starr, trüb, tonlos & tief im Herbste des Jahres, war ich allein, zu Pferde, unter dem bedrückend lastenden Wolkenhimmel, durch einen ungewöhnlich öden Strich Landes dahingeritten; und fand mich endlich, da die Schatten des Abends sich anschickten heraufzuziehen, angesichts des melancholischen Hauses Ascher. Ich weiß nicht, wie es geschah – aber beim ersten flüchtigen Anblick des Baues beschlich ein Gefühl unleidlicher Düsternis meinen Geist. Ich muß ‹unleidlich› sagen; denn der Eindruck wurde durch keine jener halb=angenehmen, weil immerhin poetischen, Empfindungen gemildert, mit denen das Gemüt normalerweise selbst die ernstesten Naturbilder von Verlassenheit und Grauen akzeptiert. Ich blickte auf die Szene vor mir – das Gebäude selbst, und die kargen Linienzüge der zugehörigen liegenden Gründe – auf die unwirtlichen Mauern – die blicklosen Fensteraugen – ein paar geile Binsenbüschel – die wenigen bleichen Rümpfe verstorbener Bäume – und eine solche Verödung der Seele überkam mich, daß ich kein irdisches Gefühl passender damit vergleichen kann, als den Traumrückstand des Opiumsüchtigen – das bittere Abgleiten in Nüchternheit & Alltag – die scheulich=schlimme Entschleierung. Etwas fein Eisiges stellte sich ein, vor dem das Herz sank und verelendete, eine durch nichts einzulösende Gedankentrübsal, die kein Anspornen der Fantasie zu etwas dem Erhabenen Ähnlichen hin zwingen konnte. Was war es nur – und ich verhielt grübelnder – was machte mich eigentlich so wehrlos=nervös beim Betrachten dieses Hauses Ascher? Das Geheimnis blieb mir gänzlich undurchschaubar, und ebensowenig konnte ich des Schattenvolks an Grillen Herr werden, das sich um mich Spintisierenden her zu drängeln begann. Ich mußte mich schließlich mit dem unbefriedigenden Ergebnis bescheiden, daß

**DER FALL DES HAUSES ASCHER**

es eben unzweifelhaft Kombinationen von ganz simplen Naturgebilden gibt, die die Macht haben, uns in der angedeuteten Art zu beeinflussen; obschon eine klare Begründung dieses Einflusses unsere analytischen Fähigkeiten übersteigt. Ich erwog, daß vielleicht schon eine bloße andere Gruppierung der einzelnen Gegenstände, der Bildbestandteile, hinreichen möchte, den trübseligen Eindruck der Szenerie zu mildern, oder ihn gar ganz aufzuheben – schon gab ich diesem Einfall nach, lenkte mein Roß an den abschüssigen Rand einer schlimmschwarzen Teichscheibe, die glänzend & faltenlos am Hause lag, und spähte hinabhinein – aber noch durchdringender als zuvor schüttelte mich Schauder, ob der abgeformten & verkehrten Spiegelgestalten des grauen Röhrichts, und der spukhaften Baumschäfte, und der blicklosen Fensteraugen.
Nichtsdestoweniger hatte ich mir vorgenommen, in eben diesem Herrensitz der Verfinsterung für ein paar Wochen meinen Aufenthalt zu nehmen; war doch sein Besitzer, Roderick Ascher, einer der besten Freunde meiner Knabenzeit gewesen, obschon viele Jahre seit unsrer letzten Zusammenkunft verstrichen waren. Vor kurzem jedoch hatte ein Brief mich, den in einem entfernten Teil des Landes Weilenden erreicht – ein Brief von ihm – dessen wild zudrängende Art eigentlich nur noch eine mündliche Antwort zuließ. Schon die Handschrift zeugte einwandfrei von nervöser Reizbarkeit. Der Briefschreiber berichtete von akutem körperlichem Unwohlsein – von Unregelmäßigkeiten in geistiger Hinsicht, die ihn ängstigten – und endlich von dem dringenden Bedürfnis, mich, seinen besten & in der Tat einzigen persönlichen Freund, bei sich zu sehen; mit der ausgesprochenen Absicht, in meiner Gegenwart Aufheiterung und Linderung seiner Krankheit zu suchen. Die ganze Art, in der all das, und Vieles mehr noch, ausgedrückt war – der unverkennbare *Herzenston* seiner Bitte – war es gewesen, das mir zum Zögern nicht Raum ließ; und so hatte ich denn prompt dem gehorsamt, was ich allerdings auch jetzt noch als eine recht seltsame Zitation anzusehen geneigt war.
Obgleich wir als Jungen sogar sehr intime Gespielen gewesen waren, wußte ich in Wirklichkeit doch nur wenig von mei-

# DER FALL DES HAUSES ASCHER

nem Freunde. Seine Zurückhaltung war allzeit außerordentlich & wie angeboren gewesen. Immerhin war mir doch so viel bekannt, daß sich in seinem extrem alten Geschlecht seit undenklicher Zeit immer wieder eine fremdartig verfeinerte Seelenlage manifestiert, und ihren Ausdruck viele Menschenalter hindurch in zahlreich=überspannten Kunstgebilden gefunden, sich in neuerer Zeit jedoch zu wiederholten Malen in Akten einer wahrhaft fürstlichen aber verschwiegenen Wohltätigkeit kundgetan hatte, sowie in einer leidenschaftlichen Hingabe an die Musik, und zwar fast mehr an deren verwickelte wissenschaftliche Grundlagen, als an ihre allgemein anerkannten & leichtwahrnehmbaren Schönheiten. Auch war mir die, doch wohl anmerkenswerte Tatsache bekannt geworden, dass der Stamm der Ascher, so altehrwürdig er auch sein mochte, zu keiner Zeit einen lebensfähigen Seitenast hervorgetrieben hatte; mit anderen Worten, daß also, von ganz unbedeutenden & ephemeren Ausnahmen abgesehen, sämtliche Familienmitglieder grundsätzlich nur in direkter Linie voneinan-

# DER FALL DES HAUSES ASCHER

der abstammten. Das mußte es wohl auch sein, erwog ich, während ich in Gedanken den absolut en Einklang des Charakters der Baulichkeiten mit dem, den man ihren Bewohnern nachsagte, überschlug, und darüber nachsann, wie sich beide, im Lauf der Jahrhunderte, wechselwirkend beeinflusst haben mochten – dieser Mangel an Seitenlinien war es vermutlich, und die daraus folgende unabänderliche Übertragung von Besitz & Namen vom Vater auf den einzigen Sohn, die Beides schließlich so verschmolzen hatte, daß der ursprüngliche Name des Anwesens in der queren & doppelsinnigen Bezeichnung ›Das Haus Ascher‹ aufgegangen war – eine Bezeichnung, die im Sprachschatz des Landvolks Beide, das Geschlecht & den Stammsitz, zu umfassen schien.

Ich habe schon erwähnt, daß der einzige Effekt meines etwas kindischen Experimentes – nämlich des Hinabgaffens in den Pfuhl – lediglich der gewesen war, den ursprünglichen befremdlichen Eindruck zu vertiefen. Zweifellos trug das Bewußtwerden des raschen Zunehmens meines Aberglaubens – denn warum sollte ich ihn

nicht so definieren? – beträchtlich dazu bei, besagtes Zunehmen wiederum noch zu beschleunigen. Ist solches doch, wie ich längst weiß, das paradoxe Grundgesetz aller dunklen Empfindungen, deren Wurzel das Grausen ist; und lediglich aus diesem Grunde mag es gewesen sein, dass, als ich erneut den Blick vom Bild im Pfuhl zum Hause selbst erhob, eine ungewöhnliche Einbildung in mir zu kellerkeimen begann – eine wahrlich so lachhafte Einbildung, daß ich sie überhaupt nur zum Zeugnis der Zwanghaftigkeit hierher setze, mit der diese Sinneseindrücke mich beklemmten. Hatte ich meine Fantasie doch tatsächlich derart übersteigert, daß ich allen Ernstes zu glauben anfing, um das ganze Haus & seine unmittelbare Umgebung herum, lagere eine sonderliche & nur ihm eigne Atmosfäre – ein Dunstkreis, gänzlich unverwandt der Himmelsluft; wohl aber den Baumleichen entquollen, und dem Mauergrau, und der schweigsamen Lache – ein pesthaftes & mystisches Gedämpf, trüb, schlaffhaft, kaum erkennbar & bleifarben.

Ich schüttelte energisch von mir ab, was nur bare Träumerei gewesen sein *konnte;* und prüfte den objektiven Anblick des Gebäudes nunmehr eingehend und nüchtern. Der erste & Haupteindruck schien der einer unmäßigen Veralterung zu sein; und der Lauf der Zeiten hatte ihm schier alle Farbe genommen. Zarter Mauerschwamm überzog das Äußere gänzlich, und hing als feines, verworrenes Gespinst von den Dachkrämpen; und trotzdem wurde durch all=dies nicht etwa der Eindruck außergewöhnlicher Baufälligkeit erweckt. Direkt eingestürzt war das Mauerwerk an keiner Stelle; aber irgendwie schien ein krasser Widerspruch zu walten, zwischen der immer noch untadelig lückenlosen Oberfläche, und der bröckeligen Beschaffenheit des Einzelsteines. Vieles hierin erinnerte mich unwillkürlich an die trügerische Gesundheit alten Holzwerks, das von jedem äußern Luftzug ungestört, während langer Jahre in irgendeinem verlassenen Gewölbe verrottet ist; jedoch außer dieser 1 Andeutung auf weit vorgeschrittenen Verfall wies der Bau kaum Male beginnender Zerstörung auf. Vielleicht hätte das Auge eines besonders geschulten Betrachters noch einen kaum wahrnehmbaren Riß entdeckt, der, unterm Dach der Front-

## DER FALL DES HAUSES ASCHER

seite beginnend, im Zickzack an der Mauer herunterlief, und sich schließ ich in den widrigen Wassern des Teiches verlor.

Während solcher & ähnlicher Beobachtungen ritt ich, über einen kurzen Fahrdamm dahin, dem Hause zu. Ein aufwartender Groom übernahm mein Pferd; und ich betrat den gotisch gewölbten Bogengang zur Halle. Von hier aus führte mich ein schweigender Diener verstohlenen Schritts immer weiter, durch so manche dämmernde & verwinkelte Korridore, hin zum *Studio* seines Herrn. Mehreres, das mir auf diesem Wege begegnete, nährte wiedrum mehr, ich weiß nicht wie, die undefinierbaren Empfindungen, von denen ich schon einiges angedeutet habe. Während die Gegenstände um mich – das Schnitzwerk der Zimmerdecken; die gedunkelten Wandbehänge; die Ebenholzschwärze der Parkettböden; die fantastisch triumfierenden Waffenrosetten (die vor meinen Schritten leise zu klirren anhoben) und doch immerhin Dinge waren, die mir ebenso, oder zumindest ähnlich, von Kindesbeinen an bekannt waren – obgleich ich also gar nicht zögerte, mir ständig zu sagen, wie vertraut mir all dergleichen sei – dennoch wunderte ich mich immer wieder neu, welch ungewohnte Gefühle solch gängige Gebilde mir auf einmal erweckten. Auf einer der Treppenfluchten begegnete uns der Hausarzt – sein Gesicht trug, wie mich bedünkte, einen Ausdruck teils von niedriger Pfiffigkeit, teils schien es ratlos. Er grüßte mich irgendwie betreten, und eilte weiter. Dann öffnete der Diener aber auch schon Türflügel, meldete mich seinem Herrn, und ließ mich ein.

Der Raum, in dem ich mich fand, war überaus groß und hochgewölbt. Die Spitzbogenfenster waren lang & schmal, und in so beträchtlicher Höhe über dem schwarzeichenen Parkettboden gelegen; daß sie von innen her praktisch unzugänglich sein mußten. Matte karminene Lichtschimmer kamen durch die vergitterten Scheiben, und ließen wenigstens die augenfälligeren Gegenstände ringsum leidlich erkennbar werden; aber in die entfernteren Winkel des Gemaches, oder das verschlungene Schnitzwerk der Deckenwölbungen zu dringen, versuchte der Blick vergebens. Die Wände waren mit gedunkelten Gobelins behangen und die gan-

# DER FALL DES HAUSES ASCHER

ze Einrichtung wirkte uraltväterisch & unbehaglich & überkraus & verschlissen. Viele Bücher lagen umher, und Musikinstrumente nicht minder; aber auch sie vermochten die Szene nicht im geringsten zu beleben. Beim bloßen Atmen erspürte ich Belastungen – ein Hauch von ernsthafter, tiefer, unaustilgbarer Schwermut umhüllte und durchdrang Alles.
Bei meinem Eintritt erhob sich Ascher von dem Sopha, auf dem er bisher lang ausgestreckt geruht hatte, und begrüßte mich so lebhaft & warm, daß es mir für den ersten Augenblick schier ein zu viel an übertriebener Artigkeit zu enthalten schien – zu viel der formelhaften Höflichkeit des ennuyierten Weltmannes. 1 Blick in sein Gesicht jedoch überzeugte mich von seiner völligen Aufrichtigkeit. Wir nahmen Platz; und einige Herzschläge lang, während deren auch er schwieg, starrte ich auf ihn, halb mitleidig, halb voll ehrerbietiger Scheu. Wahrlich; nie noch hatte sich Jemand in so kurzer Zeit so schrecklich verändert, wie Roderick Ascher hier! Nur mit Mühe konnte ich mich dazu überreden, dass dies welke Wesen vor mir identisch sein solle, mit dem Gespielen meiner frühen Knabenjahre. Zwar das Gepräge seines Kopfes war schon immer eindrucksvoll gewesen – die Leichenblässe der Haut; ein Auge, groß, feucht & von unvergleichlicher Leuchtkraft; Lippen, zwar schmal & sehr bläßlich, aber von unsäglich schönem Schwung; eine Nase von edelstem hebräischem Schnitt, obschon von einer, bei solchen Formen ungewöhnlichen Breite der Nüstern; ein delikat modelliertes, aber so wenig vorspringendes Kinn, daß es einen Mangel an Willenskraft besprach; dazu ein Haar von gespinsthafter Weiche & Feinheit – all das waren Züge, die, im Verein mit einer übermäßigen Ausdehnung der Stirn von Schläfe zu Schläfe, ein Antlitz ergaben, das man so leicht nicht vergaß. Zur Zeit allerdings hatte die bloße Übersteigerung des eigentümlichen Charakters all dieser Einzelzüge, gekoppelt mit der Ausdrucksfülle, die wie eh & je von ihnen ausging, eine solche Summe an Verändertheit ergeben, daß mir Zweifel kommen wollten, zu Wem ich eigentlich hier spräche. Vor allem waren es die itzt geisterhafte Blässe der Haut, und der nunmehr unirdische Glanz des Auges, die mich frappierten, ja

# DER FALL DES HAUSES ASCHER

mit Ehrfurcht schlugen. Auch das seidige Haar hatte ungehindert wuchern dürfen; und wie es jetzt, als wilde sommerfädige Webe sein Antlitz mehr umflutete als umrahmte, konnte ich dessen arabesken Ausdruck selbst beim besten Willen nicht mehr mit dem hergebrachten Bilde der Species Mensch vereinbaren.

Im Gebaren meines Freundes fiel mir sogleich etwas Sprunghaftes Unbeständiges auf; und ich erkannte auch bald daß dies von einer nicht abreißenwollenden Reihe schwächlicher & flüchtiger Anläufe seinerseits herrührte, ein habituelles Zittern zu unterdrücken – eine Übergroße nervöse Erregtheit. Auf etwas der Art war ich Übrigens gefaßt gewesen; nicht minder des erwähnten Briefes halber, als auch in Erinnerung an gewisse Wesenszüge schon des Knaben, und aufgrund von theoretischen Folgerungen aus seiner ganzen eigentümlichen Körper- und Geistesbeschaffenheit. Seine Gebärdung war abwechselnd lebhaft und lahm. Die Stimme konnte unversehens umschlagen; sie schwankte zwischen einem unentschlossenen Beben, wenn die Lebensgeister völlig abwesend schienen und einer ganz spezifischen gedrungenen Energie – jener abrupten, wuchtigen, uneiligen, hohlgewölbten Formung aller Laute – dieser bleiern austarierten, völlig gaumig modulierten Sprechweise, wie man sie beim Gewohnheitstrinker antrifft, oder auch dem unheilbaren Opiumesser in den Stadien konzentriertester Euphorie.

In solcher Art also sprach er nun von Sinn & Zweck meines Besuches, von seinem sehnlichen Wunsch, mich zu sehen, und der wohltätigen Wirkung, die er sich davon erhoffe. Auch ließ er sich mit einer gewissen Ausführlichkeit auf das ein, was er als die vermutliche Natur seines Leidens an sah. Es handelte sich, wie er sagte, um ein konstitutionell bedingtes, ein Familienübel, eines, für das ein Heilmittel zu finden er verzweifelte – übrigens eine bloße Nervenangelegenheit, fügte er sofort hinzu, die zweifelsohne bald

## DER FALL DES HAUSES ASCHER

vorübergehen werde. Sie äußere sich in einem ganzen Schwarm unnatürlicher Empfindnisse, von denen einige, über die er sich näher ausließ, mich beträchtlich interessierten & befremdeten; obwohl vermutlich seine Wahl der Worte, und überhaupt die ganze Art der Berichterstattung so mächtig wirkten. Er litt schwer unter einer krankhaften Verfeinerung der Sinne; nur die fadesten Speisen waren eben noch erträglich; er konnte nur noch Gewänder aus ganz bestimmten Stoffen tragen; jegliche Art Blumenduft wirkte bedrückend; selbst schwaches Licht marterte seine Augen; und es gab nur ganz spezielle Sorten von Klängen und auch die lediglich von Saiteninstrumenten, die ihn nicht mit Entsetzen erfüllten. Geradezu sklavisch unterworfen aber fand ich ihn 1 anormalen Schrecken. «Ich vergehe,» sagte er, «ich *muß* zu grunde gehen an dieser unseligen Torheit; so – so & nicht anders, werde ich verkommen: ich fürchte alles künftige Geschehen; fürchte es nicht als solches, aber in seinen weiter wuchernden Folgen. Mir graut vor dem bloßen Gedanken an jedes, und sei es das trivialste Ereignis, das in diesem unerträglichen seelischen Erregungszustand jetzt auf mich einwirken könnte. Ich fürchte wahrlich nicht ‹Die Gefahr› an sich – wohl aber ihre letzte Auswirkung, das Grauen. Und in diesem wehrlosen – diesem erbarmungswürdigen Zustand – fühle ich, daß früher oder später der Zeitpunkt eintreten muß, wo ich Verstand & Leben zugleich einbüßen werde, in irgend einem Ringkampf mit dem grimmen Schattenwesen FURCHT!»

Zwischendurch, aus abgerissenen und wie vermummten Andeutungen, erfuhr ich von einem weiteren kennzeichnenden Zug seiner Geistesverfassung: es verfolgten ihn abergläubische Vorstellungen hin sichtlich des Gebäudekomplexes, den er bewohnte, und den er, seit so manchem Jahre, nicht mehr zu verlassen gewagt hatte – einer möglichen Einwirkung halber, von deren selbsterdachter Macht er in allzu schattenhaften Ausdrücken sprach, als daß ich sie hier verständlich wiedergeben könnte – einer Einwirkung, die bestimmte Eigentümlichkeiten der bloßen Gestalt & des Materials seines Stammhauses, in folge zu langer Duldung, über

## DER FALL DES HAUSES ASCHER

seinen Geist erlangt hätten – eine Herrschaft, die das rein *Körperhafte* der grauen Mauern & Zinnen, zumal in Kombination mit dem Teichgedunste, in das sie alle hinabstarrten. schließlich eben doch über seine *Seelenlage* hätten an sich reißen können.

Er gestand freilich, wenn auch unter Zögern, ein, dass Vieles von diesen ihn so peinigend heimsuchenden Verdüsterungen, sich auch auf eine natürlichere & wesentlich handfestere Ursache zurückführen lasse – nämlich auf die ernstliche & langwierige Erkrankung – ja, die ersichtlich nahe bevorstehende Auflösung – einer zärtlich geliebten Schwester – seiner alleinigen Gefährtin seit vielen Jahren – seiner letzten & einzigen Verwandten hier auf Erden. «Ihr Ableben,» sagte er, mit einer Bitterkeit, die ich nie vergessen kann, «würde ihn (ihn den hoffnungslos Zerbrechlichen!) als Letzten des alten Stammes der Ascher zurücklassen.» Noch indem er diese Worte sprach, schritt Lady Madeline (denn so, erfuhr ich, war ihr Name) langsam durch den Hintergrund des Gemaches, und schwand vorüber, ohne meine Anwesenheit bemerkt zu haben. Ich betrachtete sie mit äußerstem Befremden, das nicht frei von Furcht war – und doch wäre es mir nicht möglich gewesen, dies mein Gefühlsgemisch zu begründen. Jedenfalls legte es sich wie Erstarrung an mich, während mein Auge ihrem entschwindenden Schreiten folgte. Als dann, nach langer Zeit endlich, eine Tür hinter ihr ins Schloß fiel, suchte mein Blick unwillkürlich & eifrig die Züge des Bruders – Der jedoch hatte sein Gesicht in den Händen vergraben, und ich gewahrte nur das: wie eine noch weit ungewöhnlichere Blässe die abgezehrten Finger überzogen hatte, und manche heiße Träne hindurch perlte.

Das Leiden der Lady Madeline hatte schon seit langem der Kunst ihrer Ärzte gespottet. Eine tiefwurzelnde Apathie, allmählich fortschreitende Abzehrung, und häufige, obschon vorübergehende Anfälle von teilweise starrkrampfähnlichem Charakter – so lautete die ungewöhnliche Diagnose. Bisher war sie standhaft gegen die Krankheit angegangen, und hatte sich mit nichten von ihr endgültig ans Bett fesseln lassen; aber just am Tage meines Eintreffens hier im Hause, bei Einbruch der Dunkelheit, unterlag sie, (wie ihr

# DER FALL DES HAUSES ASCHER

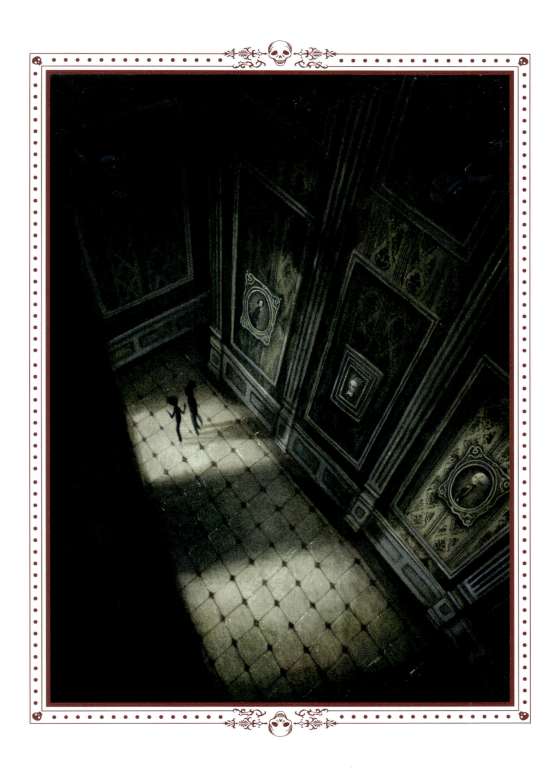

**DER FALL DES HAUSES ASCHER**

Bruder mir zur Nacht unter unsäglichen Erregungen mitteilte), der gliederlösenden Macht des Zerstörers; und ich mußte zur Kenntnis nehmen, daß jener mir flüchtig gewährte Anblick ihrer Gestalt wahrscheinlich auch der letzte sein – daß mein Auge die Lady, zumindest als Lebende, nicht mehr erschauen würde.
In den anschließenden Tagen erwähnten jedoch weder Ascher noch ich ihres Namens mehr; und ich ließ mir während dieser Zeit ernstlich angelegen sein, die Schwermut meines Freundes zu lindern. Wir lasen und malten zusammen; oder ich lauschte auch, wie im Traume, den wilden Improvisationen, wenn er seiner Guitarre die Zunge löste. Und nun, da eine enger & immer enger sich gestaltende Vertraulichkeit mir die Klüfte seines Inneren stets rückhaltloser erschloß, erkannte ich umso schmerzlicher, wie unzulänglich alle Bemühungen ausfallen mußten, eine Seele aufzuheitern, aus welcher wirklich & wirksam gewordene Dunkelheit über alle Objekte seines geistigen & physischen Universums flutete, in einer einzigen nicht endenwollenden Schwarzen Strahlung. Immer werde ich das Gedenken der langen feierlichen Stunden mit mir herum tragen, die ich dergestalt allein mit dem Herrn & Meister des Hauses Ascher verbrachte. Und doch würde mir jeglicher Versuch fehlschlagen, eine exakte Vorstellung von dem Charakter unserer Studien, beziehungsweise Beschäftigungen zu vermitteln, zu denen er mich verleitete, beziehungsweise in die er mich verwickelte. Eine übersteigerte und hochgradig exzentrische Vergeistertheit warf ihren schwefligen Glanz über Alles. Seine langen improvisierten Totenklagen werden mir immerdar in den Ohren klingen. Auch hält mein Gedächtnis, unter anderem, eine eigentümliche Umkehrung & Paraphrase der wilden Klänge von v. Weber's Letztem Walzer schier schmerzhaft deutlich fest. Von den Malereien, in denen seine überzüchtete Imagination sich emanierte, die, Strich um Strich, in immer neue Unbetretbarkeiten hinein wuchsen, und die mich umso mehr erschauern machten, als ich das Warum die-

# DER FALL DES HAUSES ASCHER

ses So nicht wußte – von diesen Gemälden also (so lebhaft sie mir auch im Augenblick vor Augen stehen) würde ich vergeblich mehr als nur eine ganz kleine Anzahl zu verdeutlichen suchen, deren Thema möglicherweise noch im Ausdrucksbereich des geschriebenen Wortes liegt. Vermittelst der äußersten Vereinfachung, wie auch der absoluten Unverhülltheit der Absicht, verschüchterte & faszinierte er gleichzeitig den Nachempfindenden – wenn je ein Sterblicher Ideen gemalt hat, so war dies Roderick Ascher. Mich zumindest haben – in der damaligen Lage & Umgebung – die reinen Gegenstandslosigkeiten, die der Hypochonder auf seine Leinwände zu bannen verstand, mit einer unbeschreiblich tiefen Ehrerbietung erfüllt, wie ich sie später, etwa bei Betrachtung der, zugegeben auch glühenden, aber doch allzu handfesten Träumereien Fuseli's, auch nicht annähernd ähnlich empfunden habe.

Einer der phantasmagorischen Entwürfe meines Freundes, der nicht ganz so rigoros vom Geiste der Abstraktion durchtränkt war, mag, obgleich unzulänglich, durch Worte hier anzudeuten versucht werden. Das klein formatige Bild zeigte das Innere eines unermesslich langen Gewölbes oder Tunnels von rechteckigem Querschnitt, mit niederen Seitenwänden, glattweiß, und durch nichts, durch keinerlei grafisches Element, aufgelockert. Gewisse Einzelheiten der Zeichnung weckten & beförderten den Eindruck, daß sich dieser Höhlengang in großen Tiefen, weit unter der Oberfläche der Erde, befinden müsse. Ein Ausweg aus ihm war nirgendwo, in seiner ganzen Erstreckung nicht, zu entdecken; auch keine Fackel oder andere künstliche Lichtquelle wahrnehmbar; und dennoch war er von hellstem Gestrahle durchflutet, das das Ganze in einen geisterhaft widersinnigen Glanz tauchte.

Ich habe zuvor schon von der krankhaften Empfindlichkeit der Gehörnerven des Leidenden gesprochen, die ihm jegliche Musik, mit Ausnahme bestimmter Klangfolgen aus Saiteninstrumenten, unerträglich machte. Vielleicht war es eben diese selbstgewählte Beschränkung nur auf die Guitarre allein, was seinem Vortrag so überwiegend fantastischen Charakter verlieh; aber die flackernde Leichtigkeit der *Impromptus* konnte daraus allein schwerlich erklärt

## DER FALL DES HAUSES ASCHER

werden. Töne & Worte seiner wilden Fantasieen (denn nicht selten begleitete er sein Spiel aus dem Stegreif mit Reimen) können nur das Ergebnis jener intensiven geistigen Gesammeltheit & Konzentration gewesen sein, deren ich vorhin, als nur den seltenen Augenblicken höchster, künstlich herbeigeführter Euphorie eigen, gedacht habe. Der Wortlaut einer dieser Rhapsodien blieb mir besonders im Gedächtnis haften. Vielleicht war ihr Eindruck, so wie er sie vortrug, auf mich umso nachhaltiger, weil ich mir einbildete, daß eine unverkennbare Unterströmung an Doppelsinnigkeit, mir, und zwar zum ersten Male, sichtbar werden ließ, wie bewußt doch Ascher selbst seine efische Vernunft auf ihrem Throne wanken fühlte. Die Strophen, ‹Das Geisterschloß› überschrieben, lauteten fast genau (wenn nicht gar wörtlich) wie folgt:

I

In dem grünsten unsrer Täler,
guter Engel stete Rast,
hob sein Haupt – schön, ohne Fehler –
einst ein stattlicher Palast.
Wo Fürst Geist befiehlt den Dingen,
ragte er!
Nie noch schirmten Seraphs=Schwingen
ein Gebild' nur halb so hehr.

II

Stolze Banner wogten golden,
fluteten vom Dache frei;
(dies – all dies – war in der holden
Zeit, lang vorbei).
Da kosten Melodieen helle
die süße Luft,
die längs des Federschmucks der Wälle
hinauszog, ein beschwingter Duft.

**DER FALL DES HAUSES ASCHER**

III

Wandrer sahn vom Pfad im Haine,
durch zwei Fenster, dort im Saal
Geister musisch gehn, wie eine
Laute klingend es befahl;
rund um einen Thron, wo prächtig
(porphyrogen!)
geschmückt nach seinem Range mächtig,
der Herr des Reiches war zu sehn.

IV

Von Perlen und Rubinen glutend
war des Palastes Tor,
und stets kam flutend, flutend, flutend
daraus ein Schimmerchor
von Echos, deren süße Pflichten,
in Näh' und Fern
mit Zauberstimmen zu berichten
von Witz und Weisheit ihres Herrn.

V

Doch schlimm Gezücht, Gewandt wie Sorgen,
befiel den hohen Fürsten dann –
(Ach, laßt uns klagen; denn kein Morgen
bricht dem Verzweifelten mehr an!).
Das hohe Haus, die goldnen Tage,
das Blütenrot,
sind nur noch trüb=verschollne Sage,
die Zeit ist lang schon tot.

## DER FALL DES HAUSES ASCHER

VI

Und wer nun reist auf jenen Wegen,
sieht durch der Fenster rot Geglüh
Gebilde sich fantastisch regen
zu einer schrillen Melodie;
und durch das fahle Tor stürzt schwellend
ein Spukhauf her,
auf & davon – sie lachen gellend –
doch lächeln nimmermehr.

Ich erinnere mich noch sehr wohl, daß uns diese Ballade auf Gedankengänge brachte, in deren Verfolg sich eine weitere Überzeugung Aschers kund tat, die ich noch nicht einmal so sehr ihrer Neuheit halber erwähne – denn Andere haben früher bereits ähnlich gedacht – als vielmehr um der Hartnäckigkeit willen, mit der er sie verfocht. Besagte Ansicht spricht, in ihrer allgemeinen Fassung, von einer Beseeltheit der gesamten Pflanzenwelt. In Aschers abwegiger Einbildungskraft aber hatte die Hypothese verwegeneren Charakter angenommen, insofern als sie, unter bestimmten Bedingungen, sogar in die Bereiche des Anorganischen übergriff. Mit Worten vermag ich weder die ganze Ausdehnung dieses Glaubens, noch seine ernstliche Verhaftetheit daran wiederzugeben; jedoch hing er, (wie früher schon angedeutet), mit den graulichen Steinen des Hauses seiner Vorväter zusammen. In diesem speziellen Fall waren, seiner Angabe nach, die Voraussetzungen für eine Beseeltheit durch die Methode der Übereinanderschichtung dieser Steine erfüllt worden – sowohl durch die Art ihrer Anordnung, als auch infolge des unmäßigen Mauerschwamms, der sie überzogen hatte – weiterhin durch die toten Bäume, wie sie hier umherstanden – vor allem aber durch das lange, ungestörte Nebeneinanderbelassen all dieser Dinge; sowie ihre zusätzliche Verdoppelung in den reglosen Wassern des großen Pfuhls. Der Beweis, – Beweis, wohlgemerkt, für die Tatsache der Beseeltheit! – sei unschwer erkennbar, sagte er, (und an dieser Stelle fuhr ich nun doch auf), in der

# DER FALL DES HAUSES ASCHER

## DER FALL DES HAUSES ASCHER

langsamen aber sicheren Bildung eines eigenen Dunstkreises über den Wassern & um das Gemäuer herum. Die Folgen ließen sich, wie er hinzusetzte, jenem schleichenden aber unabwendbaren & fürchterlichen Einfluß entnehmen, der seit Jahrhunderten schon die Geschicke seines Geschlechtes gelenkt, und nunmehr auch ihn zu dem umgebildet habe, was er geworden sei – was ich vor Augen sähe. Derlei Ansichten bedürfen keines Kommentars, und ich gedenke auch keinen zu geben.

Unsere Bücher – Bücher, die seit Jahren keine geringe Rolle im geistigen Haushalt des Kränkelnden gespielt hatten – standen, wie man sich unschwer wird vorstellen können, in genauem Einklang mit diesem Grundton an Phantastik. Gemeinsam vertieften wir uns in Werke wie den ‹Vert-Vert› oder die ‹Chartreuse› von Gresset; den ‹Belphegor› Machiavellis; ‹Himmel & Hölle› von Swedenborg; ‹Die unterirdische Reise des Nikolas Klim› von Holberg; die diversen Chiromantien von Robert Fludd, Jean d'Indaginé und De la Chambre; Tieck's ‹Reise ins Blaue hinein›; und den ‹Sonnenstaat› Campanellas. Ein Lieblingsbuch war eine Ausgabe in Klein-Oktav des ‹*Directorium Inquisitorum*›, verfasst von dem Dominikaner Eymeric de Gironne; und im Pomponius Mela gab es Stellen, über die alten Satyrn und Aegipane Afrikas, über denen Ascher sitzen und träumen konnte, stundenlang. Sein allerhöchstes Entzücken jedoch fand er beim Durchlesen eines äußerst raren und merkwürdigen gotischen Quartbandes – dem Manuale einer längst vergessenen Glaubensgemeinschaft – den ‹*Vigiliae Mortuorum secundum Chorum Ecclesiae Maguntinae*›.

Ich mußte, ob ich wollte oder nicht, sofort an das schwärmerische Ritual dieses Werkes, sowie seinen sehr möglichen Einfluß auf den Hypochonder denken, als er mir, eines Abends, nach der abrupten Mitteilung, dass Lady Madeline nicht mehr sei, seine Absicht eröffnete, ihren Leichnam vierzehn Tage lang (bis zur endgültigen Beisetzung also) in einem der zahlreichen Gewölbe innerhalb der Hauptmauern des Hauses aufzubahren. Dennoch war auch die rein äußerliche Begründung, die er für ein so eigenartiges Vorgehen anführte, von der Art, daß ich mich nicht

**DER FALL DES HAUSES ASCHER**

berechtigt fühlte, sie zu diskutieren. Der Bruder war (so teilte er mir mit) in Anbetracht des ungewöhnlichen Krankheitscharakters der Abgeschiedenen, und gewisser verdächtig⹀zudringlicher Erkundigungen seitens der sie behandelnden Ärzte, zu solchem Entschluß bewogen worden; wozu noch die Abgelegenheit & Ungeschütztheit des eigentlichen Familienfriedhofes hinzukam. Ich will auch nicht leugnen, daß – wenn ich mir so die sinistre Visage des Menschen vergegenwärtigte, dem ich damals, am Tag meiner Ankunft im Hause, auf der Treppe begegnet war – ich wirklich keinerlei Lust verspürte, mich dem zu widersetzen, was ich höchstens als eine gänzlich harmlose & keinesfalls unnatürliche Vorsichtsmaßnahme ansah.

Auf Aschers Ansuchen hin, war ich ihm sogar eigenhändig bei Durchführung dieser vorläufigen Bestattung behülflich. Nachdem der Körper eingesargt worden war, trugen wir Zwei allein ihn an seine Ruhestätte. Das Gewölbe, in dem wir ihn niedersetzten, (und das so lange nicht geöffnet worden war, daß unsre in der Stickluft fast verlöschenden Fackeln uns kaum die nächste Umgebung erkennen ließen), war klein, dumpfig, ohne jegliche Öffnung, die dem Licht Zutritt gewährt hätte; und lag in großer Tiefe genau unter jenem Teil des Gebäudes, in dem sich mein Schlafzimmer befand. Offensichtlich war es, in den vergangenen Zeiten des Faustrechts, als Burgverließ übelster Sorte benützt worden; in späteren Tagen dann anscheinend als Lagerungsort für Pulver oder andere hochfeuergefährliche Stoffe; denn ein Teil des Fußbodens war, ebenso wie das ganze Innere des langen Tunnelganges, durch den wir hereingekommen waren, sorgfältig mit Kupfer ausgekleidet. Auch die Tür aus massivem Eisen war gleichermaßen geschützt – ihr ungeheuerliches Gewicht erzeugte, wie sie sich in ihren Angeln wälzte, ein ungewöhnlich durchdringendes Knarren und Kreischen.

# DER FALL DES HAUSES ASCHER

**DER FALL DES HAUSES ASCHER**

Nachdem wir unsere traurige Bürde an diesem Ort des Grauens auf Böcke abgestellt hatten, hoben wir den noch unzugeschraubten Deckel des Sarges ein Stück zur Seite, und betrachteten das Antlitz der Bewohnerin. Eine frappierende Ähnlichkeit zwischen Bruder und Schwester fiel mir als Erstes auf; und Ascher, der vermutlich meine Gedanken erraten mochte, murmelte ein paar Worte des Sinnes: daß die Verstorbene & er Zwillinge gewesen seien, und stets die innigste, schier unbegreifliche Seelengemeinschaft zwischen ihnen gewaltet habe. Unsere Blicke verweilten allerdings nicht lange auf der Toten – vermochten wir sie doch nicht ohne scheue Ehrfurcht zu betrachten. Das Leiden, das die Lady dergestalt in der Blüte ihrer Jugend aufs Totenbett hinstreckte, hatte – wie alle diese Krankheiten mit ausgeprägt kataleptischem Charakter – auf Busen und Antlitz eine zarte Röte zurückgelassen, die wie Hohn wirkte; und um die Lippen jenes lässige verhaltene Lächeln, das bei Toten so grauenhaft ist. Wir legten den Deckel wieder auf und befestigten ihn; verwahrten die Tür aus Eisen; und suchten dann mühsam unsern Weg in die kaum minder düsteren Gemächer im oberen Teile des Hauses.

Und nun, nachdem ein paar Tage bitteren Grames verflossen waren, trat eine merkliche Änderung im Charakter der seelischen Erkrankung meines Freundes ein. Sein bisher mir gewohntes Benehmen war verschwunden; seine gewohnten Beschäftigungen wurden vernachlässigt oder waren ganz vergessen. Mit hastigem, ungleichem und ziellosem Schritt streifte er von Zimmer zu Zimmer. Die Blässe seines Teints hatte womöglich eine noch geisterhaftere Tönung angenommen – die Leuchtkraft des Auges jedoch war gänzlich erloschen. Die vordem zuweilen hörbare Aufgerauhtheit der Stimme war dahin; dafür kennzeichnete sie nunmehr ein anhaltend hohes Tremulieren, wie etwa unter äußerster Schreckeinwirkung. Es gab tatsächlich manchmal Augenblicke, wo ich dachte, sein ständig aufgeregter Geist arbeite sich mit irgendeinem drückenden Geheimnis ab, und er ringe unaufhörlich nach dem erforderlichen Mut, sich dessen durch Aussprechen zu entlasten. Zu andern Zeiten wieder war ich genötigt, all das für die bloßen un-

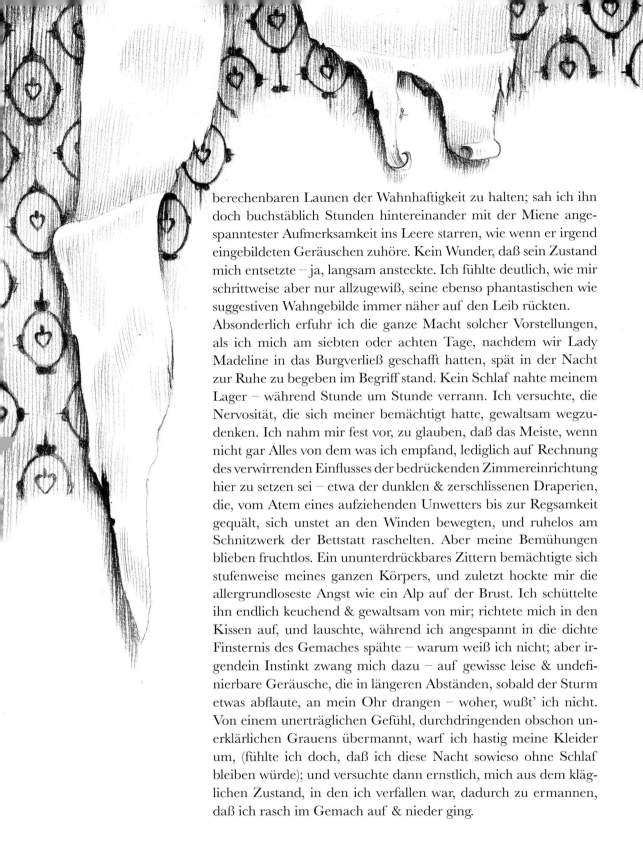
berechenbaren Launen der Wahnhaftigkeit zu halten; sah ich ihn doch buchstäblich Stunden hintereinander mit der Miene angespanntester Aufmerksamkeit ins Leere starren, wie wenn er irgend eingebildeten Geräuschen zuhöre. Kein Wunder, daß sein Zustand mich entsetzte – ja, langsam ansteckte. Ich fühlte deutlich, wie mir schrittweise aber nur allzugewiß, seine ebenso phantastischen wie suggestiven Wahngebilde immer näher auf den Leib rückten.

Absonderlich erfuhr ich die ganze Macht solcher Vorstellungen, als ich mich am siebten oder achten Tage, nachdem wir Lady Madeline in das Burgverließ geschafft hatten, spät in der Nacht zur Ruhe zu begeben im Begriff stand. Kein Schlaf nahte meinem Lager – während Stunde um Stunde verrann. Ich versuchte, die Nervosität, die sich meiner bemächtigt hatte, gewaltsam wegzudenken. Ich nahm mir fest vor, zu glauben, daß das Meiste, wenn nicht gar Alles von dem was ich empfand, lediglich auf Rechnung des verwirrenden Einflusses der bedrückenden Zimmereinrichtung hier zu setzen sei – etwa der dunklen & zerschlissenen Draperien, die, vom Atem eines aufziehenden Unwetters bis zur Regsamkeit gequält, sich unstet an den Winden bewegten, und ruhelos am Schnitzwerk der Bettstatt raschelten. Aber meine Bemühungen blieben fruchtlos. Ein ununterdrückbares Zittern bemächtigte sich stufenweise meines ganzen Körpers, und zuletzt hockte mir die allergrundloseste Angst wie ein Alp auf der Brust. Ich schüttelte ihn endlich keuchend & gewaltsam von mir; richtete mich in den Kissen auf, und lauschte, während ich angespannt in die dichte Finsternis des Gemaches spähte – warum weiß ich nicht; aber irgendein Instinkt zwang mich dazu – auf gewisse leise & undefinierbare Geräusche, die in längeren Abständen, sobald der Sturm etwas abflaute, an mein Ohr drangen – woher, wußt' ich nicht. Von einem unerträglichen Gefühl, durchdringenden obschon unerklärlichen Grauens übermannt, warf ich hastig meine Kleider um, (fühlte ich doch, daß ich diese Nacht sowieso ohne Schlaf bleiben würde); und versuchte dann ernstlich, mich aus dem kläglichen Zustand, in den ich verfallen war, dadurch zu ermannen, daß ich rasch im Gemach auf & nieder ging.

Ich hatte erst ganz wenige Male die Kehre hin & her gemacht, als ein leichter Schritt auf der angrenzenden Treppe mich aufhorchen ließ – ich erkannte ihn sofort als den Ascher's. Unmittelbar darauf klopfte er auch schon, sehr sacht, an meine Tür; und trat dann ein, eine Lampe in der Hand. Sein Gesicht war, wie gewöhnlich, leichenbleich – aber diesmal schillerte es in seinen Augen, wie eine Art irrer Fröhlichkeit – etwas wie gewaltsam zurückgehaltene *Hysterie* sprach sich in seinem ganzen Benehmen aus. Sein Gehaben erschreckte mich – aber schließlich war ja Alles meiner so lang & mühsam erduldeten Einsamkeit vorzuziehen, und ich begrüßte sein Erscheinen deshalb sogar mit einem Gefühl der Erleichterung.
«Und Du hast es nicht gesehen?», fragte er unvermittelt, nachdem er einige Augenblicke schweigend um sich in die Runde gestarrt hatte – «Du hast es also noch nicht gesehen? – Aber warte nur! gleich →». Mit diesen Worten hastete er, nicht ohne zuvor sorglich seine Lampe abgedunkelt zu haben, an eines der Fenster, und stieß die Flügel auf, mitten in den Sturm hinein –:
–: die rasende Wut der Böe hätte uns beinah zu Boden geworfen! Es war unleugbar eine rechte Windnacht, und herrlich fremdartig dazu, voller Schrecknis & Schönheit. Ein Wirbelsturm mußte allem Anschein nach in der Nachbarschaft toben; denn die Windrichtung änderte sich oft & ungestüm; und selbst die seltene Schwere des Gewölks, (von einem Tiefgang, daß es schier die Zinnen des Hauses erdrückte), verhinderte uns nicht daran, die Geschwindigkeit wahrzunehmen, mit der es von allen Seiten wie lebendig aufeinander einjagte, ohne daß es sich jedoch wiederum zu zerstreuen schien. Ich habe gesagt, daß wir all dies trotz der außergewöhnlichen Schwere des Gewölks erkennen konnten – obgleich weder Mond noch Sterne sichtbar waren, noch Blitzähnliches zuckte, oder das Wetter leuchtete. Aber die bauchigen unteren Flächen der riesig wogenden Dunstmassen erglommen, ebenso wie sämtliche irdischen Gegenstände unsrer allernächsten Umgebung, in dem unnatürlichen Eigenlicht einer schwächlich fosforeszierenden aber deutlich sichtbaren gasigen Ausdünstung, die das Haus umlungerte, und wie ein Mantel einhüllte.

## DER FALL DES HAUSES ASCHER

«Du sollst – Du darfst Dir das nicht ansehen!», sagte ich erschaudernd zu Ascher, indem ich ihn, mit sanfter Gewalt, vom Fenster fort und zu einem Sitz hinzog. «Bei diesen Erscheinungen, die Dich so verstören, handelt es sich lediglich um, gar nicht einmal so seltene, elektrische Fänomene – oder meinetwegen mögen auch die schädlichen Miasmen des Teichs an dem ganzen Spuk schuld sein. Laß uns das Fenster einfach zumachen; – die Luft ist erkältend, und schädlich für Dich. Hier hab' ich einen Deiner Lieblingsromane – ich lese vor, und Du hörst zu – und so wollen wir diese gruselige Nacht zusammen herumbringen, ja?»
Der altfränkische Band, den ich zur Hand genommen hatte, war der ‹Tristoll› des Sir Launcelot Canning; aber ich hatte ihn mehr in kümmerlichem Scherz denn im Ernst als Lieblingsbuch Aschers bezeichnet, findet sich doch in all seiner ungefügen & fantasiearmen Weitschweifigkeit wahrlich nur wenig des Anziehenden für so ätherische & vergeistigte Idealitäten, wie die meines Freundes. Immerhin war es als einziges Buch just zur Hand; und ich nährte eine schwache Hoffnung, daß die Erregung, die jetzt in dem Hypochonder arbeitete, sich vielleicht gerade durch das Übermaß an Narretei lösen könnte, das ich ihm vortragen würde; (denn die Geschichte der Geisteskrankheiten ist schließlich voll von ähnlichen Widersinnigkeiten). Hätte ich nur nach dem Eindruck wilder Überanstrengter Munterkeit urteilen dürfen, mit der er den Worten der Erzählung lauschte, beziehungsweise anscheinend lauschte, dann allerdings hätte ich mich zu dem Erfolg meines Kunstgriffs sehr wohl beglückwünschen können.
Ich war bei jener wohlbekannten Stelle des Buches angelangt, wo Ethelred, der Held des ‹Tristoll›, nachdem er im guten vergebens versucht hat, Zutritt zu der Klause des Eremiten gewährt zu erhalten, nunmehr dazu übergeht, sich den Einlaß gewaltsam zu erzwingen. Wie man sich erinnern wird, heißt es im Text ab hier wörtlich also:
«Und Ethelred, der von Natur mannhaften Herzens war, und dazu durch die Tüchtigkeit des Weins, den er getrunken, machtvoll ganz & gar, versäumte sich nicht länger in Verhandlungen mit dem Ere-

# DER FALL DES HAUSES ASCHER

## DER FALL DES HAUSES ASCHER

miten, der, traun, eigensinnig war, ja von boshafter Denkart durch & durch; vielmehr, da er den Regen auf seinen Schultern fühlte und das aufziehende Wetter scheute, hob er unverzüglich den Streitkolben, machte, nicht unhurtigen Schlages, Raum in den Türbohlen für seine beerzte Hand, und nun zog er so derbe, und ruckte & splitterte & riß auseinander, daß das Krachen des dürren & hohl berstenden Holzes im ganzen Forst schollerte & widerschallte.»
Nach Beendigung dieses Satzes fuhr ich auf, und hielt einen Herzschlag lang inne; schien es mir doch (obschon ich sofort folgerte, daß meine aufgepeitschte Fantasie mich gefoppt haben müsse) – dennoch schien es mir, wie wenn aus irgend einem, sehr entlegenen, Teil des Gebäudes undeutlich etwas an mein Ohr gedrungen wäre, was in seiner völligen Ähnlichkeit geradezu ein Echo (wennschon freilich ein ersticktes & dumpfes) eben jenes splitternden & berstenden Getöses hätte sein können, das Sir Launcelot so sonderlich beschrieben. Zweifellos war es dies zeitliche Zusammentreffen allein, das mich derart hatte auf horchen machen; denn inmitten all des Gerappels der Fensterrahmen, untermischt mit den normal=undefinierbaren Geräuschen des immer noch zunehmenden Sturmes, hatte der Ton selbst gewißlich nichts an sich gehabt, was mich hätte besonders ablenken oder verstören können. Ich fuhr also in der Geschichte fort:
«Da aber der wack're Degen Ethelred nunmehr in die Türe trat, war er empfindlich erstaunt & erzürnt zugleich, keine Spur mehr des tückischen Einsiedels zu finden; wohl aber an seiner Statt einen Drachen, schuppigen & greulichen Gebarens und feuriger Zunge, der vor einem goldnen Pallast mit silbernem Estrich die Wacht hielt, und an der Wand dort hing ein Schild aus schimmerndem Erz, mit dieser Legende darauf eingegraben –

‹Allhier trete ein nur ein Sieger allein;
erschlägt er den Drachen, der Schild wird dann sein.›

Und Ethelred hob neuerlich seinen Kolben und schmetterte ihn auf das Haupt des Drachen, der darob vor ihm zusammenbrach,

## DER FALL DES HAUSES ASCHER

und seinen pestigen Atem verhauchte, in einem abscheulich= & rauhen Schrei, und der überdem noch so durchdringend war, daß Ethelred sich am liebsten hätte die Ohren mit den Händen verhalten mögen, gegen das fürchterliche Getöll, dergleichen niemals zuvor erhört worden ist, an keinem Ort.»

Hier hielt ich plötzlich wiedrum inne, und diesmal mit einem Gefühl wilder Bestürztheit – denn es bestand keinerlei Zweifel mehr, daß ich in eben diesem Augenblick tatsächlich einen gedämpften und anscheinend fernen Ton vernommen hatte (obgleich ich in Betreff der Richtung, aus der er kam, nicht die geringste Angabe hatte machen können); aber rauh war er gewesen, auch langgezogen, und nicht minder ganz ungewöhnlich krächzend & knarrend – haargenau so, wie meine Einbildung mir das unnatürliche Drachengekreisch, von dem der alte Romanschreiber berichtet, heraufbeschworen hatte.

Verstört, wie ich infolge des Eintretens dieses zweiten & überaus erstaunlichen Zusammentreffens zugestandenermaßen war, und bestürmt von tausend widerstreitenden Empfindungen, unter denen Verwunderung & höchster Schreck vorherrschten, bewahrte ich doch immer noch Geistesgegenwart genug, um durch keinerlei diesbezügliche Bemerkung die nervöse Empfindlichkeit meines Gefährten zu steigern. Ich war mir keineswegs darüber sicher, ob auch er die betreffenden Geräusche vernommen hätte; obgleich während der letzten paar Minuten fraglos eine seltsame Veränderung in seinem Gehaben eingetreten war. Ursprünglich in einer Stellung, mir gerade gegenüber, hatte er nach & nach seinen Stuhl so herumgedreht, daß er nunmehr mit dem Gesicht zur Zimmertür hin saß; wovon die Folge war, daß ich seine Züge nur zum Teil noch wahrnehmen, wohl aber erkennen konnte, wie seine Lippen bebten, als murmele er Unhörbares. Der Kopf war ihm auf die Brust gesunken – aber 1 flüchtiger Blick auf das weit & starr offen stehende Auge in seinem Profil, verriet mir, daß er mit nichten schlafe. Auch die Bewegung seines Leibes stand in genugsamem Widerspruch mit solcher Möglichkeit – denn er wiegte sich mit sanftem, aber anhaltendem & gleichförmigem Schwunge hin &

# DER FALL DES HAUSES ASCHER

## DER FALL DES HAUSES ASCHER

her. Nachdem ich all dies blitzgeschwind zur Kenntnis genommen hatte, setzte ich den Bericht Sir Launcelots aufs neue fort, und las:

«Und nunmehr, da der Recke der furchtbaren Wut des Drachen entronnen war, und des ehernen Schildes gedachte und der darüber verhängten Bezauberung, die er lösen wollte, räumte er den Leichnam aus seinem Wege, und schritt kühn über das silberne Pflaster des Schlosses fürder, dahin, wo der Schild an der Mauer hing – der, wahrlich, wartete nicht, bis der Held völlig heran war; sondern fiel zu seinen Füßen nieder, auf den Silberestrich, mit mächtig großem & erschrecklich hallendem Gedröhn.»

Kaum waren diese Worte über meine Lippen gekommen, da – als sei in diesem Augenblick tatsächlich ein erzener Schild auf einen silbernen Estrich niedergestürzt – vernahm ich deutlich einen hohlen, metallisch klangvollen, obschon offenbar gedämpften Widerhall. Völlig verstört sprang ich auf; Ascher jedoch ließ sich in seiner gemessen schaukelnden Bewegung nicht stören. Ich stürzte zum Stuhl hin, auf dem er saß. Die Augen starrten ihm gradeaus, und in seinem ganzen Gesicht regierte steinerne Starrheit. Aber als ich ihm jetzt die Hand auf die Schulter legte, durchrann ein heftiger Schauder seine Gestalt; ein kränkliches Lächeln vibrierte um seine Lippen; und ich sah ihn, als ahne er meine Anwesenheit nicht, halblaut hastig überstürzt vor sich hin plappern – da ich mich tiefer über ihn beugte fasste ich endlich auch die gräßliche Bedeutung seiner Worte: «Ich nicht hören? – ja, ich hör' es, und *hab'* es gehört. Lang – lang – lange – viel Minuten, viele Stunden, viele Tage lang hab' ich's gehört – doch ich wagte nicht – oh mir, ich elender Wicht, der ich bin! – ich wagte nicht – *wagte* es nicht, zu reden!: *Wir haben sie lebend in die Gruft gesenkt!* Sagte ich nicht, meine Sinne seien scharf? So wisse nun, daß ich ihre ersten schwachen Regungen im hohlen Sarge hörte. Sie hörte – viele, viele Tage sind's – doch ich wagt' nicht – *ich wagt' nicht zu sprechen!* Aber heute – zur Nacht – ‹Ethelred›: haha! – da barst des Einsiedels Tür, und da kreischte der Drache im Tod, und der Schild erdröhnte!? – sag' lieber gleich: da zerriß der Sarg, und die Kerkertür schrie aus eiser-

## DER FALL DES HAUSES ASCHER

nen Angeln, und sie müht' sich heran durch den kupfernen Gang des Gewölbes! Oh, wohin soll' ich fliehn? Wird sie nicht binnen kurzem hier sein? Eilt sie nicht schon, mir meine Überstürzung vorzuwerfen? War das nicht ihr Schritt auf den Stufen? Vernehm' ich nicht schon den schweren, den schrecklichen Schlag ihres Herzens? – TOLLMANN!», hier sprang er rasend hoch, und kreischte seine Silben heraus, als gebe er in der Anstrengung seinen Geist auf – «TOLLMANN! ICH SAGE DIR, DASS SIE IN DIESEM AUGENBLICK VOR DER TÜR STEHT!»

Wie wenn durch die übermenschliche Energie seines Aufschreis Geistergewalt entbunden worden sei – so öffnete das schwere alte Türgetäfel, auf das der Sprecher deutete, ungesäumt seine gewichtigen, ebenhölzernen Kiefer. Wohl war es nur die Wucht der tosenden Bö – aber da draußen vor der Tür STAND die hohe verhüllte Gestalt der Lady Madeline von Ascher. Blut war auf ihren weißen Gewanden, und Spuren verzweifelter Anstrengung überall entlängs des abgezehrten Leibes. Einen Herzschlag lang verharrte sie zitternd auf der Schwelle und schwankte und taumelte hin und her. Dann, mit einem leise stöhnenden Schrei, schlug sie nach vorn, an den Körper ihres Bruders, und riß ihn, in ihrem heftigen und nunmehr endgültigen Todeskampf mit sich zu Boden – auch er eine Leiche, ein Opfer des Grauens, wie er es ahnend vorweggenommen hatte.

Aus dem Gemach und aus diesem Hause floh ich wie gehetzt! Der Sturm ging noch immer um in all seiner Wut, als ich mich auf dem alten Fahrdamm wieder fand. Plötzlich schoß Wildlicht grell über meinen Weg, und ich fuhr herum, um zu sehen, von wo solch seltsamer Schimmer ausgehen könne; waren doch hinter mir einzig das Haus & seine weitläufigen Schatten. Die Strahlung entstammte dem blutrot seinem Untergang zusinkenden Vollmond, der nunmehr satt durch jenen kaum sichtbaren Riß schimmerte, welcher, wie eingangs erwähnt, im Zickzackzug vom Dach des Gebäudes bis hinab zur Grundmauer verlief. Während ich noch so hinstarrte, klaffte der Riß rapid weiter auf – rasend fauchte ein Windstoß heran – der volle Kreis des Satelliten brach auf einmal hervor – mir

# DER FALL DES HAUSES ASCHER

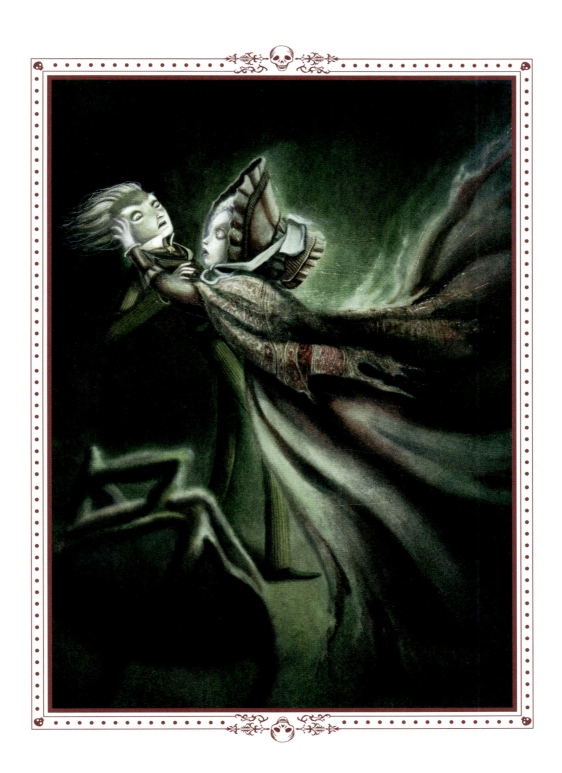

schwindelte der Kopf, als die Mauern wie Vorhänge auseinander flogen – da erscholl ein langes tumultuarisches Gegröhl, wie die Stimme von tausend Wassern – und der unergründliche klamme Pfuhl zu meinen Füßen schloß sich mürrisch & schweigend über den Trümmern des HAUSES ASCHER.

# DAS OVALE PORTRÄT

as *château*, in welches mein Diener gewaltsam eingedrungen – denn lieber hatte er dies gewagt, als mich in meinem desperat verwundeten Zustande im Freien nächtigen zu lassen –, war eines jener Bauwerke von vermischter Düsternis und Hoheit, wie sie seit langen Zeiten in den Apenninen dräuen, in Wirklichkeit nicht minder denn in der Phantasie von Mrs. Radcliffe. Allem Erscheinen nach war es vorübergehend und ganz kürzlich erst verlassen worden. Wir richteten uns in einem der kleinsten und am wenigsten üppig ausgestatteten Gemächer ein. Es lag in einem entlegnen Turme des Gebäus. Sein Zierwerk war wohl reich, doch schon uralt, verfallen. Seine Wände waren mit Tapetengewirk behangen, und ihr Schmuck bestand aus mannigfaltigen und vielgestaltigen Wappentrophäen, zusammen mit einer ungewöhnlich großen Zahl von überaus beseelten modernen Malereien in Rahmen von reichgoldner Arabeske. Diese Gemälde, welche nicht nur an den Hauptflächen der Wände hingen, sondern auch in den vielen, von der bizarren Architektur des château bedingten Winkeln, – diese Gemälde mit tiefstem Interesse zu betrachten, hatte mich vielleicht mein beginnendes Delirium bestimmt; so daß ich Pedro bat, die schweren Fensterläden des Raumes zu verschließen – denn Nacht war nun bereits –, die Flammenzungen eines wuchtigen Kandelabers zu entzünden, welcher zu Häupten meines Bettes stand, und weit die befransten Vorhänge von schwarzem Sammet auseinanderzuschlagen, welche das Bett selber einhüllten. Ich wünschte dies alles getan, damit ich mich – wenn nicht dem Schlafe, so doch dafür zumindest der Betrachtung dieser Bilder widmen konnte und der Lektüre eines schmalen Bändchens, das auf dem Pfühle sich gefunden und eine Kritik und Beschreibung der Bilder zum Inhalt hatte.

## DAS OVALE PORTRÄT

Lang, lange las ich – und mit Andacht schaut' ich. Eilig und köstlich flohn die Stunden hin, die tiefe Mittnacht kam. Die Stellung des Kandelabers mißfiel mir, doch mochte ich meinen schlummernden Diener nicht stören und stellte darum, indem ich unter Beschwernis meine Hand ausstreckte, mir lieber selbst den Leuchter so, dass seine Strahlen voller auf die Seiten fielen.

Aber dies hatte eine gänzlich unvorausgesehene Wirkung. Der Flammschein der zahlreichen Kerzen (denn ihrer waren viele) ergoß sich nun in eine Nische des Gemachs, über welche bislang einer der Bettpfosten tiefen Schatten geworfen hatte. So sah ich jäh denn in lebhaftem Lichte ein Bildnis, das sich zuvor gar nicht hatte bemerken lassen. Es war das Porträt eines eben zum Weibe reifenden jungen Mädchens. Nur kurz, fast hastig blickte ich über das Gemälde hin, dann schloß ich die Augen. Warum ich dieses tat, war meinem eigenen Begreifen selber im ersten Augenblicke nicht ersichtlich. Doch während meine Lider noch geschlossen blieben, umgingen die Gedanken meinen Grund dafür, daß ich sie so geschlossen. Es war eine impulsive Bewegung gewesen, um Zeit zum Nach-Denken zu gewinnen – um mich zu vergewissern, daß meine Vision mich nicht getäuscht habe, – um meine Phantasien zu beschwichtigen und zu bändigen, damit ein nüchternerer und gewisserer Blick dann möglich ward. Ein ganz paar Augenblicke später sah ich erneut und wie gebannt auf das Bild.

Daß ich nun richtig sähe, konnt' und wollt' ich nicht bezweifeln; denn schon das erste Blitzen des Kerzenscheines auf dem Ölgemälde hatte, so war's mir, die träumische Betäubung zerstreut, die über meine Sinne gesunken, und mich alsbald in waches Leben aufschrecken lassen.

Das Porträt, so habe ich bereits gesagt, war das eines jungen Mädchens. Es zeigte lediglich Kopf und Schultern, in jener Weise ausgeführt, die technisch *vignette* heißt; im Stil sehr ähnlich den Köpfen, wie sie Sully mit Vorliebe malt. Die Arme, der Busen und selbst die Spitzen des glänzenden Haars schmolzen unmerklich in den vagen, doch tiefen Schatten, welcher den Hintergrund des Ganzen bildete. Der Rahmen war oval, war reich vergüldet und von moreskem Filigran. Als Kunstgebilde konnte gleich gar nichts bewundernswürdiger sein denn das Gemälde selbst. Doch war es nicht die Ausführung der Arbeit, noch die unsterbliche Schönheit der gemalten Züge gewesen, was mich so plötzlich und so vehement bewegt. Am allerwenigsten gar ließ sich denken, dass meine Phantasie, hochauf gescheucht aus halbem Schlafgedämmer, den Kopf sollte fälschlich für den eines lebendigen Menschen gehalten haben. Die Eigentümlichkeiten der Darstellung, der Vignettierung und des Rahmens hätten, das sah ich jetzt sogleich, einen solchen Gedanken augenblicklich verbannen müssen – ja, hätten schon verhindert, ihm auch nur momentlang Raum zu geben. Indem ich ernstlich über diese Punkte hin dachte, blieb ich wohl eine Stunde lang halb sitzend, halb zurückgelehnt vor dem Porträt, mein Sehen fest darauf gerichtet. Schließlich doch sank ich – befriedigt, das wahre Geheimnis seiner Wirkung erschaut zu haben – im Bett zurück. Des Bildes Zauber hatte sich mir entdeckt: in einer absoluten *Lebensähnlichkeit* des Ausdrucks, die, anfangs nur verblüffend, mich schließlich überwältigte, verstörte und entsetzte. Mit tiefem und mit ehrfurchtsvollem Grauen bracht' ich den Kandelaber an seinen frühern Platz zurück. Nachdem die Ursache meiner heftigen Erregung so dem Blick entzogen war, sucht' ich begierig in dem Bändchen nach, das die Gemälde und ihre Geschichte behandelte. Die Nummer aufschlagend, welche das ovale Porträt bezeichnete, las ich dort die vagen und wunderlichen Sätze, die hier folgen:

«Sie war eine Jungfrau von seltenster Schönheit, und der heitre Sinn, der sie erfüllte, stand ihrem Liebreiz in nichts nach. Doch übel war die Stunde, da sie den Maler sah, ihn liebte und sein Weib ward. Er, leidenschaftlich, strebsam und von strengem Ernste, er besaß in seiner Kunst schon eine Braut; und sie ein Mädchen von seltenster Schönheit und einer Heiterkeit, die ihrer Schönheit in nichts nachstand; ganz Licht und Lächeln war sie, und fröhlich wie das junge Reh; sie liebte, pflegte, hegte alle Dinge; sie haßte nur die Kunst, die ihr Rivalin war; sie fürchtete nur die Palette

# DAS OVALE PORTRÄT

und die Pinsel und andere widerwärtige Instrumente, die ihr der Anblick des Geliebten raubten. So war's ein schrecklich Ding für diese junge Frau, als sie den Maler von seinem Begehren sprechen hörte, auch sie, sie selbst zu porträtieren. Doch sie schickte sich in Demut darein und saß holdselig viele Wochen lang im dunkel-hohen Turmgemach, wo das Licht einzig von droben herab auf die bleiche Leinwand tropfte. Doch er, der Maler, berauschte sich an seinem Werke, das von Stund' zu Stunde und von Tag zu Tage seinen Fortgang nahm. Und er war ein leidenschaftlicher und wilder und mürrisch-launenhafter Mann, der sich in Träumereien ganz verlor; so daß er nicht sehen *wollte*, wie das Licht, das da so geisterhaft in jenen abgelegnen Turm hinabfiel, Gesundheit und die Lebensgeister seiner jungen Frau verwelken ließ, die – aller außer ihm ersichtlich – dahinschwand. Doch weiter lächelte sie und immer weiter, und ohne Klage, denn sie sah, daß der Maler (der hohen Ruhm genoß) ein heftiges und brennendes Vergnügen an seinem Werke nahm und Tag und Nächte an der Arbeit war sie abzumalen, sie, die ihn so liebte, doch die tagtäglich mehr an Mut verlor und schwächer ward. Und manche wahrlich, die das Porträt geschaut, sprachen von seiner Ähnlichkeit in leisen Worten wie von einem gewaltigen Wunder und einem Beweise vor nicht weniger der Macht des Malers denn seiner tiefen Liebe zu der, welche er so ausnehmend wohl abbildete. Doch als die Arbeit schließlich dem Ende näher kam, ward niemand mehr im Turme zugelassen; denn der Maler war wild geworden im Gluteifer um sein Werk, und selbst die Züge seines Weibes zu betrachten, hob er die Augen selten nur noch von der Leinwand ab. Und er *wollte* nicht sehen, wie die Tönungen, die er darauf verteilte, den Wangen des Wesens entzogen wurden, das neben ihm saß. Und als dann viele Wochen vorübergestrichen waren und wenig mehr zu tun blieb, noch ein Pinselstrich am Munde – ein Tupfen dort am Aug', da flackerte der Geist des Mädchens noch einmal auf wie die Flamme in der Leuchterhülse. Und dann war der Pinselstrich getan und der Farbtupfen angebracht; und einen Augenblick lang stand der Maler versunken vor dem Werk, das er geschaffen; im nächsten aber, während er noch starrte, befiel ein Zittern ihn und große Blässe, Entsetzen packt' ihn, und mit lauter Stimme rief er ‹Wahrlich, das ist *das Leben* selbst!› und warf sich jählich herum, die Geliebte zu schaun: – *Sie war tot!*«

# MORELLA

*Es selbst, durch sich selbst,
einzig EINS immerdar und einig.*

PLATO, ‹SYMPOS.›

# MORELLA

Mit einem Gefühl tiefer, ob schon recht eigentümlicher Zuneigung mußte ich meine Freundin Morella ansehen. Vor vielen Jahren durch blanken Zufall in ihre Gesellschaft verschlagen, war meine Seele, von der ersten Begegnung an, sogleich in Feuern aufgeflammt, wie ich sie bislang nie gekannt hatte; aber nicht von Eros rührten solche Feuer her, und widerwillig nur & bitter fand mein Geist sich mit der allmählichen Einsicht ab, daß ich ihre ungewöhnliche Art weder des näheren zu bezeichnen, noch den vagen Hitzegrad irgend zu regeln vermochte. Doch fanden wir uns; und das Schicksal verband uns am Altare; und nie sprach ich von Leidenschaft, noch dacht' ich an Liebe. Sie dagegen scheute das gesellschaftliche Treiben; schloß sich einzig an mich, und machte mich glücklich. Ein Glück, sich drob zu wundern – ein Glück, wie man's erträumt.
Morellas Bildung war erstaunlich. So wahr ich zu leben hoffe: ihre Gaben waren von nicht gewöhnlicher Art – ihre Geisteskräfte gigantisch. Ich empfand dies, und wurde ihr Schüler auf manchem Gebiet. Bald jedoch merkt' ich, wie sie, vielleicht aufgrund ihrer Pressburger Erziehung, mir mehr & mehr jener mystischen Schriftsteller vorlegte, die gewöhnlich nur als der Bodensatz der älteren deutschen Literatur zu gelten pflegen. Eben diese waren, aus mir unbegreiflichen Gründen, ihr Dauer- & Lieblingsstudium – und dass sie im Lauf der Zeit auch meines wurden, mag man dem schlichten aber nachhaltigen Wirken der Gewohnheit & des Vorbildes zuschreiben.
Mit alledem hatte, wenn ich nicht irrig bin, mein Verstand wenig zu schaffen. Weder wurden, wenn mich mein Ge-

# MORELLA

dächtnis nicht verläßt, meine Überzeugungen in irgendeiner Weise berührt von jenem Ideal; noch war zu entdecken, (es sei denn, ich täuschte mich jetzt gröblich) daß all die Mystik die ich las, merklich auf mich abgefärbt hätte, ob in Gedanken, ob in Handlungen. Einmal überzeugt hiervon, überließ ich mich blindlings der Führung meines Weibes, und betrat entschlossnen Herzens, die Labyrinthe ihrer Studien. Und dann – dann, wenn ob verbotnen Seiten brütend, ich auch verbotnen Geist in mir sich entzünden spürte – dann legte wohl Morella ihre kalte Hand auf meine, und schürte aus den Aschen eines toten Lehrgebäus halblaute wunderliche Sätze auf, deren befremdliche Bedeutung sich in mein Gedächtnis brandmarkte. Dann zögerte ich, Stund' um Stunde, müßig ihr zur Seite, lässig lauschend der Stirnmusik – bis schließlich in der Melodie auch Schrecken mitzuschwingen begannen – ein Schatten über meine Seele sang – bis ich erfahlte, innerlich schaudernd, vor solch allzu unirdischen Tonarten. Dergestalt geschah es, daß Lust plötzlich in Grauen umschlug, und das Schönste zum Abscheulichsten ward, wie einst aus Hinnon Ge=Henna wurde.

Es ist nicht notwendig, die genauere Tendenz der Untersuchungen hier anzugeben, die uns aus den schon von mir erwähnten Büchern zuwuchsen, und die, über lange Zeiträume hinweg, fast den einzigen Gesprächsgegenstand zwischen Morella und mir bildeten. Die in dem, was man ‹Spekulative Theologie› nennen könnte, Erfahrenen werden sich sogleich einen Begriff davon machen; die Unerfahrnen, sie würden in jedem Fall nur weniges verstehen. Der verwilderte *Pantheismus* eines Fichte; die Varianten pythagoräischer *Palingenesia*-Theorien; vor allem aber die Sätze der von Schelling entwickelten *Identitätsphilosophie*, sie lieferten im allgemeinen die Diskussionspunkte, die meiner fantasievollen Morella die allerschönsten dünkten. Jene Identität, die man die personelle nennt, definiert Locke, und wie ich meine mit

# MORELLA

Recht, als auf der geistigen Heilheit eines verstandbegabten Geschöpfes beruhend. Und da wir unter ‹Persönlichkeit› ein intelligentes, vernünftig reagierendes Wesen verstehen, und da der Denkprozeß grundsätzlich von einer gewissen Bewußtheit begleitet sein wird, so ist es dies, dessen Zusammenspiel uns zu dem macht, was wir ‹Unser-Ich› nennen – wodurch wir uns von anderen denkenden Individuums-Einheiten unterscheiden – und was uns unsre persönliche Identität verleiht. Aber das *principium individuationis* – jene Auffassung von Identität, *die im Tode entweder für immer verloren gehen soll, oder aber eben nicht!* – sie war es, die allezeit mein tiefstes Interesse in Anspruch nahm; nicht weniger ob der verblüffenden & erschütternden Art ihrer Konsequenzen, als vor allem der betont aufgeregten Gemütsbewegung halber, mit der Morella ihrer stets erwähnte.

Aber, traun, es kam die Zeit heran, da das Mystische in meines Weibs Gehaben, mich drückte wie ein Zauberfluch. Nicht länger vermocht' ich das Getaste der fahlen Finger zu ertragen, noch den halb lauten Ton ihrer musischen Sprechweise, noch den schwermütigen Glanz ihres Äugens. Und sie wußte es all's, doch schmälte sie nicht; sie schien meiner Schwäche & Torheit vollkundig, und nannte sie, lächelnd, nur Fatum. Auch schien sie für die schrittweise Entfremdung meiner Neigung sich einer Erklärung bewußt, die mir unbekannt war, doch entschlüpfte ihr weder Wink noch Andeutung hinsichtlich ihrer Natur. Immerhin war sie Weibs genug, um täglich mehr vor Gram zu vergehen. Pünktlich erschien der Rote Fleck auf ihren Wangen, setzte sich dort für immer fest und die bläulichen Adern auf der bleichen Stirn traten stärker hervor; und für einen Augenblick wohl schmolz mein ganzes Wesen in Mitleid dahin; im nächsten jedoch traf mich der Glanz ihres vielsagenden Blicks, und meine Seele

# MORELLA

siechte & schwindelte, wie Einem schwindelt, der hinunterblickt in einen trüben unauslotbaren Abgrund.

Kann ich es aussprechen, daß ich ganz ernstlich & mit inbrünstigem Sehnen den Augenblick von Morellas Auflösung herbeiwünschte? Dennoch war es so; aber der gebrechliche Geist klammerte sich an seine irdene Hülle viele Tage – viele Wochen, ja manch läst'gen Monat lang – bis meine gefolterten Nerven meine Selbstbeherrschung überrannten; bis ich toll wurde ob des Hingezögeres, und, einen Teufel im Herzen, den Tagen fluchte, und den Stunden, und den bittren Sekunden, die sich zu dehnen & dehnen schienen, im Maß wie ihr sanftes Leben verebbte – gleich Schatten, wenn ein Tag erstirbt.

An einem herbstlichen Abend jedoch, da alle Winde still im Himmel ruhten, rief Morella mich an ihr Krankenlager. Ein matter Dust lag weithin überm Erdreich, ein Warmes glimmte über allen Wassern, und mitten über die Oktoberbuntheit der Forsten war, vom Firmament hernieder, ein straffer Regenbogen hingestellt.

«Dies ist ein Tag der Tage,» sagte sie, da ich mich näherte, «ein Tag ob allen Tagen, sei's zum Leben oder Sterben. Es ist ein schöner Tag für die Söhne des Lebens & der Erde – doch, ach, weit schöner noch, den Töchtern des Himmels & des Todes!»

Ich küsste ihre Stirn und sie fuhr fort:

«Ich sterbe jetzt; und dennoch werd' ich leben.»

«Morella!»

«Nie ist der Tag erschienen, wo Du mich lieben konntest – aber sie, die Du zu Lebzeiten verabscheutest, zu Todzeiten sollst Du sie anbeten.»

«Morella!»

«Ich wiederhole es: ich sterbe jetzt. Aber in mir ist das Pfand der Neigung – ach, wie gering sie war! – die Du für mich, Morella hegtest. Und wenn mein Geist dahinscheidet, dann wird das Kind le-

# MORELLA

ben – Dein Kind, und meines, Morella's. Aber Deine Tage werden nun Tage des Kummers sein – jenes Kummers, der das dauerhafteste aller Gefühle ist, so wie die Cypresse die langlebigste ist unter allen Bäumen. Denn die Stunden Deines Glücks sind vorbei; und Freude erntet man nicht 2 Mal in 1 Leben, ob schon die Rosen von Paestum zweimal im Jahre blühen. Nicht länger also wirst Du mit Deiner Zeit den Tejer spielen; vielmehr, der Myrthe & der Rebe gleichermaßen entfremdet, Dein Totenhemd auf Erden überall mit Dir tragen, wie es der gläubige Moslem zu Mekka tut.»
«Morella!» rief ich, «Morella! wie kannst Du solches wissen?» – sie aber wandte ihr Gesicht in den Kissen ab von mir, zur Seite; ein leichtes Beben überkam ihre Glieder; so starb sie, und ich vernahm ihre Stimme nicht mehr.
Aber, wie sie vorausgesagt hatte, ihr Kind – dem sie sterbend das Leben gab; es atmete nicht eher, bevor die Mutter nicht aufgehört hatte, zu atmen – ihr Kind, ein Mädchen, lebte. Und nahm befremdlich zu an Geist & Gestalt, und ward das volle Ebenbild von ihr, der Abgeschiedenen, und ich liebte sie mit einer inbrünstigeren Liebe, als ich für einen Erdenbürger zu empfinden je für möglich gehalten hätte.
Aber nicht lange, und der Himmel dieser reinen Neigung umzog sich, und Leid & Graus & Gram verdüsterten ihn wie ein Gewölk. Ich sagte, daß das Kind befremdlich wuchs an Klugheit & Gestalt. Befremdlich, in der Tat, war ihr rapides körperliches Wachstum – doch schrecklich, wahrhaft schrecklich!, war der Tumult der Gedanken, die auf mich eindrangen, während ich der Entfaltung ihres geistigen Wesens zusah! Und konnt' es auch anders sein, wenn ich täglich in den Einfällen des Kindes die Kraft & Fähigkeit des erwachsenen Weibes erkannte? – wenn Lehren der Weisheit von den Lippen der Infantin troffen? – und wenn mir aus seinem vollaufgeschlagenen & sinnenden Auge stündlich die Erfahrung, auch die Leidenschaft der Reifezeit entgegenleuchtete? Wenn, wiederhole ich, all dieses meinen aufge-

**MORELLA**

schreckten Sinnen deutlich wurde – wenn ich's nicht länger meiner Seele leugnen, noch den Organen, die es zu verzeichnen bebten, abstreiten konnte – ist es verwunderlich, daß Verdächte, furchtsam=erregender Natur, bald meinen Geist beschlichen; oder daß meine Gedanken entgeistert wieder zurückgriffen auf die wilden Geschichten & Thriller-Theorien der eingesargten Morella? Ich entriß dem Neugierblick der Welt ein Wesen, das zu verehren mich mein Schicksal zwang; und wachte, in rigoroser Abgesperrtheit meines Heims, mit tödlicher Besorgnis über alles, was mein Geliebtes anging.

Und als die Jahre dahin rollten, und ich, ob Tag ob Aftertag, ihr heiliges & mildes & beredetes Antlitz bestaunte, und ihre reifenden Formen be=meditierte, entdeckt' ich, ob Tag & Aftertag, immer neu=intime Ähnlichkeiten des Kindes mit der Mutter, der schwermüt'gen, der toten. Und stündlich nahmen die Schatten der Identität an Schwärze zu, und wurden fülliger & umrißschärfer & bestürzender & scheulicher terribel an Aspekt. Denn daß ihr Lächeln gleich dem ihrer Mutter war, hätt' ich ertragen können; doch mir gruselte ob seiner allzu perfekten *Identität*. Daß ihre Augen wie Morella's waren, hielt ich wohl aus; doch drang ihr Blick mir etwas allzu oft in meine Seelentiefen, und zwar genau mit Morellas konzentrierter & verwirrender Bedeutsamkeit. Und gar in den Kontouren der hohen Stirn, & den Guillochen des Seidenhaars & den fahlen Fingern, die sich hinein-

# MORELLA

vergruben, & in dem Kammer≈Kummer≈Ton der Rede, & dann vor allem – vor allem, ach! – in eben den Wendungen & Formulierungen der Toten, auf den Lippen des Liebsten & Lebendsten, fand mein Gedenken wie mein Grauen ständig Nahrung – der Wurm, der nicht sterben *wollte*.

Dergestalt gingen 2 Lustra ihres Lebens dahin, und immer noch weilte meine Tochter namenlos auf dieser Erde –: ‹Mein Kind› und ‹Meine Liebste› waren die Bezeichnungen, die eines Vaters Neigung meist ihm eingab, und jeglich≈andern Umgang verhinderte die strikte Abgeschlossenheit ihres Tageslaufs. Morellas Name starb mit ihr im Tode. Nie hatte ich der Tochter von ihrer Mutter gesprochen – es war unmöglich, sie zu erwähnen. Sie hatte tatsächlich nie, während der kurzen Spanne ihres Daseins, nennenswerte Eindrücke der Außenwelt empfangen, abgesehen von denen, wie sie die engen Grenzen ihrer Ausgesondertheit ihr wohl gewährten. Aber schließlich schien meinem Gemüt, in seinem gegenwärtigen erregten basislosen Zustand, die Cärimonie der Taufe eine Art Ausweg aus den Schrecknissen meiner Geschicke zu gewährleisten.

Und am Taufbecken, zauderte ich, ob eines Namens. – Und viele Titel der Weisen & der Schönen, aus alter & neuer Zeit, meines eignen & fremder Länder, wollten ausschwärmen über meine Lippen, so manchemanche faire Titel der adlig≈Glücklichen & Guten. Was war es da, was mich jückte, das Andenken der Tot-Begrabnen aufzustören? Welcher Dämon blies mir ein, jene Klangfolge zu hauchen, die mir, beim bloßen Gedenken schon, stets den Blutpurpur aus den Schläfen zum Herzen hin jagen machte? Welcher Satan faselte aus Sackgassen meiner Seele, als, inmitten trüber Kirchenschiffe & in der Stille jener Nacht, ich in die Ohren des geweihten Mannes die Silben ‹MORELLA› wisperte? Welcher Mehrdennsatan verstellte plötzlich die Züge meines Kinds und überzog sie mit der Liverey des Todes; da sie, ob meines schwerlich doch vernehmbarn Worts, ihr vergla-

# MORELLA

# MORELLA

sendes Auge erdab=himmelwärts kehrte, und, länglang niederstürzend auf die schwarzen Platten unsrer Ahnengruft, es respondierte: – «Hier bin ich!»

Bestimmt, kalt & still & bestimmt, schlugen die paar simplen Schalle an mein Ohr; (und rollten dann, geschmolznem Bleie gleich, zisch!, in mein Hirn). Jahre – ja=Jahre mögen vergehn; doch das Gedenken an diesen Moment – nie! Und nicht etwa war ich gefühllos für Blüten & Reben – aber Schierlingstanne & Cypresse überschatteten mich doch Tag & Nacht. Und ich zählte keine Zeit mehr & maß nicht den Ort, und meine Schicksalssterne verblaßten am Himmel, und all=so verfinsterte sich die Erde, und ihre Gestalten zogen mir vorbei wie flitzende Schatten, und unter ihnen-Allen sah ich immer nur Eine – Morella. Die Winde vom Firmament trugen mir 1 Schall nur an mein Ohr, und die Wellenzüge der See, sie murmelten immerdar nur – Morella.

Aber sie starb; und mit meinen eigenen Händen trug ich sie zu Grabe; und ich lachte ein langes & bitteres Lachen, da ich keinerlei Spuren der Ersten fand, in der Gruft, wohinein ich sie bettete, die Zweite, Morella.

# LIGEIA

*Und darin leit der Wille, der stirbet nimmer.*
*Wer kennet die mysteria des Willens sampt seiner*
*Ist doch GOtt selbst nur ein großer Wille, [Macht?*
*der durchdringt alle Ding ob seines hohen Eiferns.*
*Der Mensch stehet den Engeln nach,*
*ja letztlich dem Tode selbst,*
*nur kraft der Schwäche seines so matten Willens.*

JOSEPH GLANVILL

Ich kann nicht, und ging's um mein Seelenheil, mich entsinnen, wie oder auch nur präzise wann ich zuerst bekannt wurde mit der Lady Ligeia. Lange Jahre sind seitdem verflossen, und mein Gedächtnis ist matt ob der vielen Erleidnisse. Oder, mag sein, ich kann mir diese Dinge jetzt nicht mehr vergegenwärtigen; weil, wie es denn in Wahrheit so ist, der Charakter meiner Geliebten, ihre seltene Bildung, der einzigartige & dennoch sanfte Typ ihrer Schönheit, und endlich die verhexende versklavende Überredsamkeit ihrer halblauten Stimmmusik, sich den Weg in mein Herz mit so standhaft verstohlenen Schritten gebahnt haben, daß sie mir unwahrnehmbar & unverzeichnet geblieben sind. Dennoch möchte ich meinen, daß ich ihr zuerst & am häufigsten begegnet bin, in irgendeiner großen, alten, verfallenden Stadt nahe am Rhein. Von ihrer Familie – hab' ich sie sicherlich reden hören. Daß sie aus grauster Vorzeit datiert, kann nicht bezweifelt werden. Ligeia! Ligeia! Vergraben wie ich bin, in Studien von einer Art, mehr als alle andern dazu angetan, gegen Eindrücke der Außenwelt abzutöten, ist es durch jenes holde Wort allein – durch ‹Ligeia› – daß ich vor meinem geistigen Auge das Bild Ihrer erzeuge, die nicht mehr ist. Und jetzt, da ich dies niederschreibe, blitzt mir die Erkenntnis auf: daß ich von Ihr, die mir Freundin war & Angelobte, die die Partnerin meiner Studien wurde, ja schließlich das Weib meines Busens, den Familiennamen *nie gekannt* habe! War das eine verspielte Zumutung seitens Ligeias? oder war es eine bewußte Probe der Stärke meiner Neigung, daß ich hinsichtlich dieses Punktes keinerlei Querelen anstellen sollte? oder war es gar eine Caprice mei-

nerseits – die wildromantische Opfergabe am Schreine der allerleidenschaftlichsten Ergebenheit? Aber ich entsinne mich nur undeutlich der Sache selbst – was wunders, daß ich so gänzlich der näheren Umstände vergaß, die jene bewirkten oder begleiteten? Und, wahrlich, wenn je der Geist, den man die ROMANZE nennt –wenn jemals sie, die bleich=hinfällige ägyptisch=dunstschwingige *Ashtophet* idololatrischen Angedenkens – die Schutzgöttin, wie man sagt, von Ehen übler Vorbedeutung ist; dann ist sie nur allzugewiß die Schutzgöttin der meinigen gewesen.

1 teuren Themenkreis jedoch gibt es, bei dem mein Gedächtnis mir nicht versagt – es ist das *Äußere* Ligeias. Sie war hoch von Wuchs, etwas sehr schlank, ja in ihren letzten Tagen ausgesprochen mager. Es wäre vergebens, wollte ich versuchen, die Majestät, die gemache Ruhe ihrer Haltung abzuschildern, oder die unbegreifliche Leichtigkeit & Spannkraft ihres Schreitens. Sie kam und sie schwand wie ein Schatte. Nie bin ich ihres Eintretens in mein abgesondertes Studio gewahr geworden, ehe die teure Musik ihrer süßgedämpften Stimme anhub, und sie mir ihre Marmorhand auf die Schulter legte. In Schönheit des Angesichts glich ihr nie eine Maid. Es war das Gestrahle eines Opiumtraums – eine Vision, luftiger, geisterhöhender, göttlich=wilder, als alle Phantasien, die je die schlummernden Seelen der Töchter von Delos umschwebten. Dennoch waren ihre Züge mit nichten von jenem vorbildlichen Regelmaß, das in den klassischen Bildwerken der Heidenzeit zu verehren man uns fälschlicherweise beigebracht hat. «Es gibt keine höchstrangige Schönheit,» sagt Bacon, Lord Verulam, sehr richtig von sämtlichen Formen & genera des Schönen, «ohne eine gewisse *Fremdartigkeit* in ihren Proportionen.» Trotzdem, ob ich gleich sah, daß die Züge Ligeias kein klassisches Regelmaß hatten – ob ich gleich wahrnahm, daß ihre Lieblichkeit einwandfrei «höchstrangig» war und empfand, wie viel an «Fremdartigem» hier durchschimmerte – trotzdem habe ich stets vergeblich versucht, be-

sagte Unregelmäßigkeit zu entdecken, oder meinen eigenen Eindruck des «Fremdartigen» auf seinen letzten Ursprung zurückzuführen. Ich studierte den Kontour der hohen & blassen Stirn – er war untadelig – (welch kaltes Wort das, es auf eine so göttliche Majestät anzuwenden!) – ihre Haut, die mit dem reinsten Elfenbein wetteiferte; die gebietende Ausdehnung & Ruhe, die breite Sanftheit der Schläfenregion; und endlich das rabenschwarze, das schimmernde, das üppige & natürlich=gelockte Haargeflecht, das die Vollkraft des Homerischen Epithets ‹hyakinthos!› handgreiflich vor Augen stellte. Mein Blick ruhte auf den delikaten Umrissen ihrer Nase – und nirgendwo, es sei denn in den anmutsvollen Medaillons der Hebräer, habe ich je ähnliche Perfektion erschaut. Hier wie dort die gleiche üppige Geglättetheit der Oberfläche; die gleiche kaum wahrnehmbare Tendenz zum Aquilinen; die gleichen harmonisch geschwungenen Nüstern, die von freiem Geiste sprachen. Ich betrachtete den süßen Mund. Hier, in der Tat, triumfierte Alles, was himmlisch ist – die magnifike Schwingung der kurzen Oberlippe – der wollüstig=kissenhafte Schlummer der unteren – die Grübchen, die spielten, und die Farbe, die sprach – die spiegelnden Zähne, die mit geradezu frappierender Brillianz jeglichen Schimmer des heiligen Lichtes widergaben, den ihr heiter & sanftes, und dabei hinreißendes Lächelgestrahle über sie ausgoß. Ich musterte achtsam die Bildung des Kinns – und auch hier fand ich es alles wieder, das sanfte Gebreite, die Weichheit & Majestät, die Füllligkeit & Vergeistertheit der Griechen – jene Kontouren, die, und auch dann nur im Traum, der göttliche Apoll dem Kleomenes, dem großen Sohne Athens, offenbarte.
Und dann spähte ich, tief, in die mächtigen Augen Ligeias. Was Augen betrifft, haben wir keine Vorbilder aus antiker Zeit. Und es mag auch sein, daß eben in diesen Augen meiner Geliebten jenes Geheimnis lag, auf das Lord Verulam hindeutet. Sie waren, wie ich glauben muß, weit größer als die gewöhnlichen Augen, die unserm Geschlecht zuteil geworden

# LIGEIA

sind. Sie waren voller, als selbst die vollsten der Gazellenaugen des Stammes im Tale von Nourjahad. Doch geschah es lediglich in Abständen – in Augenblicken höchster Erregung – daß diese Eigentümlichkeit mehr als nur leicht auffällig an Ligeia wurde. Und in solchen Augenblicken dann war ihre Schönheit – vielleicht erschien es meiner erhitzten Fantasie nur also – wie die Schönheit von Wesen, die entweder über oder doch abseits der Erde sind – gleich der Schönheit der fabelhaften Houris der Türken. Die Farbe der Bälle war ein allerschimmerndstes Schwarz, und weit über sie herab hingen jett=dichte Wimpern von beträchtlicher Länge. Die Brauen, leicht unregelmäßig geschwungen, hatten den gleichen Farbton. Die «Fremdartigkeit» jedoch, die ich in diesen Augen fand, war von einer Art, die mit der Form, der Farbe, dem Glanz der Einzelzüge nicht zusammenhängt, und muß letzten Endes ihrem *Ausdruck* zugeschrieben werden. Ach, des Worts ohne Bedeutung!, hinter dessen bloßer fonetischer Breitenausdehnung wir unsre Unkenntnis von so viel Spirituellem verschanzen. Der Ausdruck der Augen der Ligeia! Wie oft, stundenlang, hab' ich darüber nachgegrübelt! Wie hab' ich, eine ganze Mittsommernacht hindurch, mich gemüht, ihn zu ergründen! Was war es – dieses ‹tiefer als der Brunnen des Demokritos› – das dort fern im Hintergrund der Pupillen meiner Geliebten lag? Was *war* es doch? Ich war wie besessen von der Passion des Entdeckens. Diese Augen!, diese mächtigen, diese schimmernden, diese göttlichen Bälle!, sie wurden für mich zum Zwillingsgestirn der Leda, und ich der inbrünstig=devoteste ihrer Beobachter.

Unter den vielen unverstandnen Anomalien der Wissenschaft von der Seele, gibt es keinen Punkt so frappierend & aufregend, wie den Umstand – von der Schulweisheit noch nicht einmal bemerkt, wie ich glaube – daß wir beim Bemühen, uns etwas lang Vergessenes ins Gedächtnis zurückzurufen, uns oftmals *ganz dicht am Rande* des Erinnerns finden, ohne doch, am Ende dann, der Erinnerung selbst habhaft werden zu kön-

nen. Und wie oft habe ich dergestalt, während meines konzentrierten Forschens in Ligeia's Augen, die volle Erkenntnis ihres Ausdrucks sich nahen gefühlt – sich nahen gefühlt – aber immer noch nicht ganz mein – und dann am Ende sich wiederum gänzlich entfernen! Und (selts, oh seltsamstes Mysterium von allen!) ich fand in den gewöhnlichsten Objekten des Universums einen Großkreis von Analogien für diesen Ausdruck. Ich will damit sagen, daß im Anschluß an die Periode, da Ligeia's Schönheit in meinen Geist eingegangen war & dort waltete wie in einem Heiligenschreine, mich ob so mancher Existenzen in der materiellen Welt Empfindungen überkamen, wie ich sie grundsätzlich angesichts ihrer mächtigen leuchtenden Augenbälle um mich & in mir fühlte. Dennoch vermochte ich meine Empfindung deswegen nicht des näheren zu definieren, oder zu analysieren, oder auch nur sie fester ins Auge zu fassen. Ich erkannte sie manchmal, sei mir die Wiederholung vergönnt, beim Beobachten einer schnellwachsenden Weinranke – bei Kontemplation einer Motte, eines Schmetterlings, einer Chrysalis, eines rinnenden Wassers. Ich habe sie im Ozean gespürt; und beim Fall eines Meteors. Ich habe sie gespürt bei den Seitenblicken ungewöhnlich alter Leute. Und es stehen 1 oder 2 Sterne am Himmel – (besonders einer; ein Stern 6. Größe, doppelt & gleichzeitig veränderlich; er findet sich nahe dem Hauptstern der *Leier*) – bei deren teleskopischer Beobachtung ich jenes Gefühls gewahr geworden bin. Ich bin damit erfüllt worden bei bestimmten Klangfolgen von Saiteninstrumenten, und nicht unhäufig bei gewissen Stellen in Büchern. Unter zahllosen anderen Beispielen entsinne ich mich besonders des einen, in einem Band Joseph Glanvill's, das (vielleicht nur seiner Kuriosität halber – wer kann das schon sagen?) nie verfehlt hat, mich mit jenem Gefühl zu inspirieren:

«Und darin leit der Wille, der stirbet nimmer. Wer kennet die mysteria des Willens sampt seiner Macht? Ist doch GOtt selbst nur ein großer Wille, der durchdringt alle Ding ob seines hohen Eiferns. Der Mensch stehet den Engeln nach, ja letztlich dem Tode selbst, nur kraft der Schwäche seines so matten Willens.»

Länge der Jahre & das entsprechende Nachdenken haben mich freilich in den Stand gesetzt, eine entfernte Verbindung zwischen dieser Stelle des englischen Moralisten und einem Teilzuge im Charakter Ligeias ausfindig zu machen. Die *Hochgespanntheit* des Gedankens, der Tat, der Rede, ist bei ihr möglicherweise ein Ergebnis, oder zumindest ein Anzeichen, jener gigantischen Willenskraft gewesen, die während unsres langen Umgangs andere & direktere Belege ihres Vorhandenseins zu geben verfehlt hat. Von allen Frauen, die ich je gekannt habe, fiel sie, die äußerlich ruhige, die immer=milde Ligeia, dem ungestüm andringenden Fittichschlage tiefer Leidenschaft am heftigsten zur Beute. Und von solcher Leidenschaft konnte ich nie anders eine Mutmaßung mir bilden, als eben durch jene miraculöse Expansion ihrer Augen, die mich immer so entzückte & gleichzeitig erschreckte – durch die schier magische Melodie, Modulation, Deutlichkeit & Sanftheit ihrer sehr tiefgedämpften Stimme – und durch die wütende Energie (doppelt eindrucksvoll durch den Kontrast mit ihrer Sprechweise), der wilden Worte, die sie gewohnheitsmäßig äußerte.

Ich hatte bereits Ligeia's Wissen erwähnt: es war immens – wie ich es sonst nie beim Weibe gekannt habe. In den klassischen Zungen war sie zutiefst

den modernen europäischen Dialekten erstreckt, habe ich sie nie versagen hören. Um ehrlich zu sein: habe ich Ligeia bei irgend einem Thema, und sei es das meist bewunderte (weil schlicht das abstruseste) gerühmtester akademischer Gelehrsamkeit, *jemals* versagen sehen? Wie singulär – wie prickelnd=aufregend, hat grade dieser 1 Punkt im Wesen meiner Gattin, sich in diesen letzten Jahren meiner Erinnerung wieder aufgedrängt! Ich habe gesagt, ihr Wissen sei der Art gewesen, wie ich es sonst nie beim Weibe gekannt habe – aber wo lebt & atmet der Mann, der, und zwar mit Erfolg, *all* die weiten Gebiete des ethischen, physikalischen & mathematischen Wissens durchschritten hat? Ich habe damals nicht eingesehen, was ich jetzt klar erkenne, daß Ligeia's Errungenschaften gigantisch waren, erstaunlich waren; immerhin war ich mir ihrer unendlichen Überlegenheit soweit bewußt, daß ich mich voll kindlichen Vertrauens ihrer Führung durch die chaotischen Welten metaphysischer Untersuchungen überließ mit denen ich während der ersten Jahre unseres Ehelebens meistens beschäftigt war. Mit welch umfassendem Triumphgefühl – mit wie lebhaftem Entzücken – mit wie viel von alldem, was die Hoffnung an Ätherischem hat – *fühlte* ich, wenn sie sich bei nur wenig gepflegten – und noch weniger gekannten – Studien über mich beugte – wie sich langsam, schrittweise, jene köstliche Aussicht immer weiter vor mir zu dehnen begann, deren langen, gorgonisch=prächtigen & noch ganz unbetretenen Pfad ich im Lauf der Zeit würde fürderschreiten dürfen, bis hin zum Ziel einer Weisheit, allzu himmlisch köstlich, um nicht verboten zu sein!

Wie tiefgehend also muß der Kummer gewesen sein, mit dem ich nach Ablauf einiger Jahre meine wohlbegründeten Hoffnungen die Schwingen breiten & mir davon fliegen sah! Ohne Ligeia war ich nur ein Kind, das umnachtet tappt & tastet Ihre Anwesenheit, ihre Kommentare allein, machten die so manchen Mysterien des Transcendentalen, in die wir uns versenkt hatten, lebendig & lichtvoll. Ohne den Lüsterglanz ihrer Augen wurden selbst Lettern, sonst lampig & golden, stumpfer denn saturnisches Blei. Und nun schienen diese Augen wenig= & immer weniger häufig auf die Seiten ob denen ich brütete. Ligeia erkrankte. Die wilden Augen loderten mit einer all=, einer allzu glorreichen Strahlung; die bleichen Finger nahmen die transparente, die wächserne Färbung des Grabes an; und die blauen Venen der hohen Stirn schwellten & sanken ungestüm im Gezeitentakt auch der sänftlichsten Erregung schon. Ich sah, daß sie sterben mußte – und ich rang verzweiflungsvoll im Geist mit dem grimmigen Azrael. Und das Ringen des leidenschaftlichen Weibes war zu meinem Erstaunen sogar noch energischer als das meine. In ihrer festen Sternennatur war so vieles gewesen, das bei mir den Eindruck hatte aufkommen lassen, ihr würde der Tod ohne seine Schrecknisse nahen; aber weit gefehlt. Worte sind impotentes Zeug & können keinen rechten Begriff von der Wut des Widerstandes geben, mit dem sie gegen das Phantom anrang. Ich stöhnte vor Seelenpein ob des bemitleidenswürdigen Schauspiels. Ich würde ja beschwichtigt – würde vernünftig zugesprochen haben; aber angesichts der Hochgradigkeit ihrer wilden Begier nach Leben – Leben – *nichts als Leben!* – wären Tröstung wie auch Verständigkeit gleichermaßen der Gipfel der Narretei gewesen. Dennoch wurde, bis zum letzten Moment, und bei den krampfigsten Konvulsionen ihres ungestümen Geistes, die äußerliche Gelassenheit ihres Betragens mit nichten erschüttert. Ihre Stimme wurde noch sanfter – wurde noch gedämpfter – doch auf der verwilderten Bedeutung der so ruhig geäußerten Worte möchte ich lieber nicht verweilen. Mein Hirn schwindelte, wenn ich verzückt einer mehr als sterblichen Melodie lauschte – Anmaßungen & Sehnsüchten, Sterblichen vordem ungekannt.

Daß sie mich liebe, würde ich nicht bezweifelt haben; und auch dessen hätte ich ohne weiteres gewiß sein dürfen, daß in einem Busen, wie dem ihren, die Liebe ungleich der gewöhn-

lich so genannten Leidenschaft regiere. Aber erst im Tode bekam ich den vollen Eindruck von der Stärke ihres Gefühls. Lange Stunden, während deren sie sich meiner Hand bemächtigt hielt, ergoß sie vor mir das Überströmen eines Herzens, dessen mehr als leidenschaftliche Ergebenheit sich dem Götzendienst näherte. Wie hatte ich mir nur verdient, durch solche Geständnisse beseeligt zu werden? – und wie hatt' ich mir verdient, so verflucht zu werden durch Abberufung meiner Geliebten in eben der Stunde, wo sie sie machte? Aber ich kann es nicht ertragen, mich über diesen Gegenstand zu verbreiten. Sei mir vergönnt, mich darauf zu beschränken, daß in Ligeia's mehr als weiblicher Hingebung an eine Liebe – wehe!, wie unverdient; wie einem Unwürdigen gespendet – ich endlich das Grundprinzip ihres Sehnens erkannte, ihrer so ungestüm ernstlichen Begierde nach einem Leben, das ihr nunmehr so reißend entschwand. Es ist dies wilde Sehnen – diese eifervolle Heftigkeit der Sucht nach Leben – *nichts als Leben* – das getreulich zu schildern ich nicht die Macht habe – nicht die Fähigkeit es in klare Ausdrücke zu fassen.

Es war just um die Mitte der Nacht da sie von mir ging, als sie mich gebieterisch an ihre Seite winkte, und mich ihr gewisse Verse wieder vorsprechen hieß, die sie selbst, nur wenige Tage zuvor, gedichtet hatte. Ich gehorsamte.

Es waren aber diese: –

Ho! eine Gala=Nacht;
im öden Spätjahr welch Pläsier! –
Ein Engelhauf in Schleiertracht,
beschwingt, mit Thränenzier,
sitzt im Theater, anzuschaun
ein Stück von Furcht & Gier
und ein Blasorchester probt stoßweis', traun,
Sphärenmusikmanier.

LIGEIA

Mimen, sie murr'n & mümmeln leis',
Puppen in GOtt=Livreen,
und kommen & irr'n im Kreis. –
Geheim gestaltlos ungesehn
vollziehen Wesen die Regie,
die auch die Bühne beliebig drehn;
kondorgeschwingt verhängen sie
unsichtbare Weh'n.

Vom scheck'gen Spiel – seid unbesorgt –
soll nichts vergessen sein!
Das Phantom nicht; nicht die Dauerjagd
all der Menge hinterdrein:
in sich selbst stets zurück läuft die Zirkelbahn
und der Irrsinnsreih'n.
Das Thema: viel Sünde, und mehr von Wahn,
doch hauptsächlich Schrecken & Pein.

Doch sieh, was ringelt sich zuletzt
dort ein in die Redoute?!
Ein blutrot Ding, das einsam bis jetzt
in der Kulisse ruht'.
Wie's ringelt! – wie's ringelt! – es würgt im Sturm
jed' armen Mimnichtgut;
und bei Seraph's schluchzt's, so lutscht der Wurm
geliertes Menschenblut.

Aus – aus gehn die Lichter – allaus. –
Genug ward gebebt; und alsbald
kommt stürmisch (ein Bahrtuch, oh Graus!)
der Vorhang herniedergewallt.
Und die Engel stehn auf; bleich, gedrückt,
bestätigen sie den Verhalt:
‹MENSCH› hieß das gesehene Stück,
und ‹DER WURM› war die Siegergestalt.

«O GOtt!» – Ligeia schrie es halb, als ich mit diesen Zeilen ein Ende machte, indem sie aufsprang & mit einer krampfigen Gebärde die Arme nach oben reckte «O GOtt! O himmlischer Vater! – sollen diese Dinge denn unwandelbar so sein? – soll dieser Sieger denn nicht 1 Mal besiegt werden? Sind wir denn nicht Deines Wesens ein Teil? Wer – wer kennet die mysteria des Willens sampt seiner Macht? Der Mensch stehet den Engeln nach, ja letztlich dem Tode selbst, nur kraft der Schwäche seines so matten Willens.»

Und nun, wie wenn erschöpft vor Erregung, ließ sie es zu, daß ihre weißen Arme an ihr herniedersanken, und kehrte feierlich auf ihr Totenbette zurück. Und als sie ihre letzten Seufzer aushauchte, da kam, vermischt mit ihnen, ein leises Murmeln zwischen ihren Lippen hervor. Ich legte mein Ohr an sie, und unterschied wiederum die Schlußworte jener Stelle im Glanvill: – *«Der Mensch stehet den Engeln nach, ja letztlich dem Tode selbst, nur kraft der Schwäche seines so matten Willens.»*

Sie starb: und ich, völlig zu Boden geschlagen vor Kummer, vermochte die Öde & Einsamkeit meiner Behausung in der düstren, verfallenden Stadt am Rheine nicht länger mehr zu ertragen. Ich hatte nicht Mangel an dem, was die Welt Wohlstand nennt. Ligeia hatte mir weit mehr, erheblich weit mehr mitgebracht, als Sterblichen gewöhnlich zuteil wird. Nach einigen wenigen Monaten schlaffen & ziellosen Umherwanderns, erstand ich deshalb eine Abtei, die ich nicht näher zu bezeichnen gedenke, in einer der wildesten & wenigst besuchten Gegenden des schönen England,

raurige Großartigkeit des Bauwerks, die schier barbarische Verwilderung des Grundstücks, die vielen sich an beide knüpfenden, schwermütigen & altehrwürdigen historischen Erinnerungen, standen weitgehend im Einklang mit den Gefühlen gänzlichen Verlassenseins, die mich in diesen entlegenen & unwirtlichen Teil des Landes getrieben hatten. Aber ob auch das Äußere der Abtei, allerorts überhangen vom grünenden Verfall, nur geringe Veränderungen zuließ; machte ich in einer Art kindlicher Perversität, oder, mag sein, auch mit der schwachen Hoffnung, mich von meinem Kummer abzulenken, im Inneren förmlich Profession davon, einen mehr als königlichen Prunk zu entfalten. An derlei Tollheiten hatte ich selbst in frühester Kindheit schon Geschmack gefunden, und nun kamen sie mir zurück, als sei ich vor Gram wieder kindisch geworden. Ach, ich fühl' es durchaus, wieviel sich sogar von beginnendem Wahnsinn hätte entdecken lassen in der Überpracht & Fantastik dekorativer Wandbehänge, in der feierlichen Bildwerken Ägyptens, in den wilden Kehlungen der Leisten & Möbel, in den Tollhausmustern der Teppiche aus büschelig-langhaarigem Goldbrokat! Ich war zum regelrechten Sklaven in den Fesseln des Opiums geworden, und all meine Unternehmungen, wie das, was ich in Auftrag gab, trug etwas von der Farbe meiner Träumungen an sich. Aber diese Absurditäten alle herzuzählen ist die Zeit zu schade. Laß mich nur von dem 1, ewig verfluchten, Gemache sprechen in das ich, in einem Augenblick geistiger Abwesenheit, vom Altare als meine Braut − als die Nachfolgerin der unvergeßlichen Ligeia − sie führte, die blondhaarige, die blauäugige Lady Rowena Trevanion, von Tremaine.

Da ist nicht 1 einziges Stück jenes Brautgemaches, ob Architektur ob Dekoration, das nicht jetzt noch sichtbar vor mir stünde. Wo hatten die hochmütigen Angehörigen der Braut wohl ihre Seelen, als sie, aus Durst nach Golde, der Maid dem so geliebten Kind erlaubten, die Schwelle eines so gech mich ans Detail des Gemaches ganz genau erinnere – ob ich schon arg vergeßlich geworden bin, was die allerbedeutungsvollsten Dinge anbelangt – und hier, in dem fantastischen Gepränge, war weder Harmonie noch ein System, das dem Gedächtnis hätte Anhalt bieten können. Der Raum war in einem hohen Türmchen der burgartig gebauten Abtei gelegen, war pentagonalen Grundrisses, und von beträchtlicher Geräumigkeit. Die ganze nach Süden gerichtete Wand des fünfseitigen Prismas nahm das einzige Fenster ein – eine immense, ununterteilte Scheibe von venezianischem Glas – aus einem einzigen, bleigrau gefärbten Stück; so daß die hindurchfallenden Strahlen, sei's Sonne sei's Mond, einen geisterhaften Lüsterglanz auf die Objekte im Innern werfen mußten. Über den obern Teil dieses Kolossalfensters zog sich das Rankenwerk eines alten Weinstocks hin, der die massige Mauer des Türmchens empor geklommen war. Die Zimmerdecke aus düster-schwarzem Eichenholz war ausschweifend hoch, gewölbt, und mit künstlichen Schnitzereien in wild- & grotesken Mustern, halbgotisch halbdruidisch, über & über bedeckt. Vom höchsten entlegensten Schlußstein dieser melancholischen Wölbung, hing an einer einzelnen langgliedrigen Goldkette eine mächtige Weihrauch-Lampe aus dem gleichen Metalle herab, von reich durchbrochener, sarazenischer Arbeit, und so eingerichtet, daß eine pausenlose Folge buntscheckiger Flammen sich mit schlangengleicher Vitalität innen, wie auch nach außen heraus, ringelte.

Einige wenige Ottomanen und golden orientalische Kandelabergestalten standen an einzelnen Stellen herum; und dann war eben auch das Ruhebett – das Braut-Bette – nach einem indischen Vorbild, und niedrig, und geschnitzt aus schwerem Ebenholz, mit einem Baldachin darüber gleich einem Bahrtuch. In jeglichem der Winkel des Raumes stand aufrecht ein gigantischer Sarcophag von schwarzem Granit, aus den Königsgräbern gegenüber von Luxor, mit ehrwürdig skulptu-

# LIGEIA

renüberlaufenen Deckeln, unvordenklich zu schauen. Aber in der Wandbekleidung des Gemachs bestand, weh' mir!, die Hauptfantasterei von allem. Die ragenden Wände, gigantisch-aufstrebend – ja, imgrunde unproportioniert hoch – waren vom Gipfel bis zum Fuß behangen mit schweren, breitfaltigen, massiv gewirkten Tapeten – Tapeten aus einem Material, das sich gleichermaßen auf dem Fußboden als Teppich wiederholte, als Bezug der Ottomanen & der Ebenholzbettstatt, als Baldachin dieser Bettstatt, und endlich in dem prächtigen Faltengerolle der Vorhänge, die das Fenster teilweise verschatteten. Das Material bestand aus dem schwersten Goldbrokat; war allerorts, in unregelmäßigen Abständen, mit arabesken Figuren von etwa 1 Fuß Durchmesser gemustert, von tiefstem Jettschwarz & dem Stoff eingewebt. Aber besagte Figuren wirkten nur von 1 ganz bestimmten Standpunkt aus gesehen wie echte Arabesken. Durch einen heutzutage allgemein geläufig gewordenen Trick, (und der sich sogar in sehr entlegene Epochen des Altertums zurückverfolgen läßt), hatte man ihr Aussehen je nach Standpunkt veränderlich eingerichtet. Einem, der den Raum betrat, schienen sie zunächst einmal simple Mißgestalten; bei weiterem Fürderschreiten aber schwand dieser Eindruck allmählich; und Schritt auf Schritt, wie der Besucher seinen Ort im Raum veränderte, sah er sich umzingelt von einer endlosen Folge gespenstischer Bildungen, wie sie den Aberglauben des Nordmannen eigen sind, oder in den Schlummerstunden schuldiger Mönche aufsteigen. Dieser fantasmagorische Effekt wurde noch beträchtlich dadurch erhöht, daß immerfort ein starker künstlich erzeugter Windstrom hinter den Wandbehängen entlang strich – was dem Ganzen eine scheußliche & wunderliche Regsamkeit verlieh.

In Hallen dieser Art – einem Brautgemach dieser Art – verbrachte ich mit der Lady von Tremaine die unheiligen Stunden des ersten Monats unsrer Ehe – verbrachte sie unter nur geringer Unruhe. Daß mein Weib die wilde Verdrossenheit meines Wesens fürchtete – daß sie mich mied & nur recht we-

nig liebte – mußte ich wohl oder übel erkennen; aber es bereitete mir dies eher Vergnügen als das Gegenteil.
Denn ich verabscheute sie mit einem Haß, der eher einem Dämon angestanden hätte, als einem Menschen. All mein Gedenken floh zurück, (oh, mit welchem Grad von Reue!) zu Ligeia, der geliebten, der erhabenen, der schönen, der begrabenen. Ich schwelgte in Erinnerungen an ihre Reinheit, an ihre Weisheit, an ihr hohes ätherisches Wesen, an ihre leidenschaftliche, ihre abgöttische Liebe. Nun endlich brannte mein Geist voll & frei von all & noch mehr als all den Feuern, mit denen ihr eigner geflammt hatte. In den Euphorieen meiner Opiumträume, (denn ich war habituell in den Fesseln & Banden der Droge), rief ich oft laut ihren Namen in die Stille der Nacht, oder durch die schlupfwinkligen Täler & Schluchten bei Tag; wie wenn ich durch den wilden Eifer, die leidenschaftliche Feierlichkeit, die verzehrende Glut meines Sehnens nach der Dahingeschiedenen, sie wieder auf die alten Pfade dieser Erde zurückrufen könnte, die sie – ach, konnte es denn für immer sein? – verlassen hatte.
Um den Beginn des zweiten Monats unsrer Ehe, wurde die Lady Rowena von plötzlicher Krankheit befallen, von der sie sich nur langsam erholte. Das Fieber das sie verzehrte, brachte Unruhe in ihre Nächte; und in den verworrenen Zuständen des Halbschlummers sprach sie von Geräuschen & Bewegungen inner= wie außerhalb des Turmgemachs, die meines Erachtens ihren Ursprung nur in einer in Unordnung geratenen Fantasie hatten, oder vielleicht in den gaukelnden narrenden Einwirkungen des Gemaches selbst. Sie begann schließlich zu genesen – dann zu gesunden. Aber nur eine kurze Zwischenzeit ging dahin, als eine zweite, heftigere Unpäßlichkeit sie erneut auf ein Krankenbett warf; und von dieser Attacke erholte sich ihr, von Natur aus zarter Leib, nie mehr ganz & gar. Ihre Beschwerden nahmen nach dieser Zeit alarmierenden Charakter an, und alarmierender noch waren die häufigen Anfälle, die gleichermaßen der Kunst wie den

größten Bemühungen ihrer Ärzte spotteten. Parallel mit dem Zunehmen dieses chronischen Leidens, das demnach anscheinend bereits zu festen Fuß bei ihr gefaßt hatte, um durch menschliche Mittel noch beseitigt werden zu können, mußte ich wohl oder übel eine entsprechende Zunahme der nervösen Reizbarkeit ihres Temperaments feststellen, wie auch eine steigende Anfälligkeit, sich bei trivialen Anlässen zu fürchten. Wiederum sprach sie, und diesmal häufiger & beharrlicher, von den Geräuschen – den leichten Geräuschen – und jenen ungewöhnlichen Bewegungen in den Falten der Wandbehänge, auf die sie früher bereits hingedeutet hatte.

Eines Nachts, es ging schon gegen den September, erzwang sie sich mit noch mehr als dem gewöhnlichen Nachdruck meine Aufmerksamkeit für dies unleidliche Thema. Sie war just aus unruhigem Schlummer erwacht; während ich unter Gefühlen, halb Angst halb vages Grausen, dem Arbeiten ihrer abgemagerten Züge zugesehen hatte. Ich saß an der Seite ihrer ebenhölzernen Bettstatt, auf einer der Ottomanen aus Indien. Sie richtete sich mit halbem Leibe auf, und sprach in eindringlichem leisem Flüsterton von Geräuschen, die sie *eben, jetzt*, höre – vom denen ich jedoch nichts vernahm – von Bewegungen, die sie *eben, jetzt*, sähe – von denen ich jedoch nichts erblickte. Der Wind rauschte

recht überstürzt hinter den Wandbehängen, und ich
gedachte ihr zu beweisen, (was, ich will es nun gestehn,
ich *völlig* selbst nicht glaubte), wie dort die schier unarti-
kulierten Atemstöße & hier die so sehr sachten Än-
derungen der Figuren an der Wand nichts als
die natürlichen Auswirkungen seien, jener
mechanisch immerrauschenden Winde.
Aber eine tödliche Blässe, die ihr Gesicht überzog, bewies mir schon, daß
all meine Bemühungen, sie zu beschwichtigen, fruchtlos bleiben
würden. Ihr schien übel
werden zu wollen, und von
der Dienerschaft war kei-
nes in Rufweite. Ich ent-
sann mich, wo eine Karaffe
leichten Weines stünde, den
ihre Ärzte verordnet hatten, und
hastete quer durchs Gemach, ihn zu
holen. Aber als ich in den Lichtkegel der
Weihrauch=Lampe steppte, zogen 2
Ereignisse von überraschender Natur meine Aufmerksamkeit auf sich.
Ich hatte gefühlt, wie ein greifbar= ob
schon unsichtbares Etwas leicht an mir
vorbei geschlüpft war; und weiterhin
sah ich, wie auf dem goldnen Teppich, genau inmitten des komplizierten Überschimmers
den der Weihrauch=Lüster warf, ein Schatte
lag – ein schwacher, unbestimmter Schatte, von englischem Aspekt – wie man sich
etwa den Schatten eines Schattens denken
würde. Aber mir war was wild zumut, so
erregte mich eine unmäßige Dosis Opi-
um, und ich achtete dieser Dinge nur

wenig, noch erwähnte ich ihrer gegenüber Rowena. Da ich den Wein gefunden hatte, durchquerte ich wiedrum das Gemach; ich schenkte den Pokal voll ein, und hielt ihn an die Lippen der hinsinkenden Lady. Sie hatte sich jedoch zum Teil schon wieder erholt und nahm mit eigner Hand das Trinkgefäß; während ich auf die nächste Ottomane sank und meine Augen fest auf ihre Gestalt richtete. Und da geschah es, daß ich deutlich des leichten Schritts gewahr ward, quer übern Teppich her & hin zur Bettstatt; und 1 Sekunde nur darauf, da Rowena eben im Begriff war, den Wein an ihre Lippen zu setzen, sah ich, (o'r meinethalben träumte daß ich säh'), wie wenn aus einem unsichtbaren Quell, tief in der Luft des Raumes, 3 oder 4 schwere Tropfen einer strahlend rubinroten Flüssigkeit in den Pokal fielen. Aber ob auch ich dies sah – Rowena nicht also. Sie schluckte den Wein ohne Zaudern; und ich meinerseits enthielt mich, ihr gegenüber eines Umstands zu erwähnen, der, wie ich mir sagte, letzten Endes, doch wohl nur das Gaukelspiel einer lebhaften Einbildungskraft gewesen sein mußte, zu überhitzter Tätigkeit gesteigert infolge der Schreckhaftigkeit der Lady, des Opiums, und der Stunde.

Doch kann ich's vor mir selber nicht verbergen, wie, dem Fallen der Rubintropfen unmittelbar folgend, im Leiden meiner Gattin eine rapide Wendung zum Schlimmeren eintrat; so daß am dritten Abend drauf die Hände ihrer Dienerinnen sie für die Gruft herrichteten, und ich am vierten, allein mit ihrem Leib im Leichenlaken, in dem fantastischen Gemache saß, das sie als meine Braut empfangen hatte. – Wilde Wische, Schattenflitter, opiumbürtig, hatt' ich vor mir. Unruhigen Auges starrte ich auf die Sarkophage in den Ecken des Raumes, auf die wechselnden Figuren der Wandbehänge, und auf das Geringel der buntscheckigen Feuer in dem Lüster mir zu Häupten. Dann fielen meine Blicke, als ich mir die Umstände einer früheren Nacht zurückrief, auf den Lichtfleck unterm Weihrauchlüster, wo ich die schwache Fährte des Schattens gesehen hatte. Sie war jedoch nicht länger dort; und, befreiter

# LIGEIA

atmend, richtete ich mein Auge nach der bleich= & starren Gestalt auf der Bettstatt. Da stürmten tausend Erinnerungen an Ligeia auf mich ein – da kam, mit der tosenden Heftigkeit einer Überschwemmung, die ganze Summe jenes unnennbaren Wehes meinem Herzen wieder, mit dem ich *sie* einst also aufgebahrt betrachtet hatte. Die Nacht ging dahin; und immernoch saß ich, den Busen voll bitterer Gedanken an die Eine einzig & über alles geliebte & starrte auf den Körper Rowenas.

Es mag um Mitternacht gewesen sein, oder vielleicht auch früher oder später, denn ich hatte auf die Zeit nicht acht gegeben, als ein schluchzender Laut, leise sanft doch ganz bestimmt, mich aus meiner Verträumtheit aufschreckte. Ich *fühlte* daß er von dem Bett aus Ebenholz her kam – dem Bett des Todes. Ich lauschte in einem Übermaß von abergläubischem Entsetzen – doch erfolgte keine Wiederholung des Lautes. Ich strengte meine Sehkraft an, um eine etwaige Bewegung des Leichnams zu entdecken – aber nicht die geringste war zu erkennen. Dennoch konnte ich mich nicht getäuscht haben. Ich *hatte* das Geräusch gehört, wie schwach auch immer, und meine Seele in mir war geweckt worden. Beherzt & ausdauernd konzentrierte ich meine Aufmerksamkeit auf jenen Leib. Viele Minuten verstrichen, ehe ein Umstand eintrat, dazu angetan, Licht auf das Geheimnis zu werfen. Schließlich wurde unverkennbar, daß ein schwacher, ein ganz leichter & kaum wahrnehmbarer Schimmer von Farbe auf den Wangen erschienen war und längs der eingesunknen kleinen Venen ihrer Augenlider. Ein Gemisch von unaussprechlichem Grausen & heiliger Scheu, für welches die Sprache der Sterblichen kein hinreichend eindringliches Wort kennt, machte, daß ich mein Herze stillestehen, meine Glieder erstarren fühlte, dort wo ich saß. Doch endlich bewirkte ein Gefühl der Pflicht, daß ich die Herrschaft über mich selbst wieder gewann. Ich konnte nicht länger daran zweifeln, daß wir bei unsern Zurüstungen übereilt vorgegangen waren – daß Rowena noch lebte. Es war

erforderlich, daß auf der Stelle etwas unternommen werde;
aber das Türmchen war gänzlich abgesondert von dem Teile der Abtei, den die Diener bewohnten – keiner von ihnen befand sich in Rufweite – ich hatte keine Möglichkeit, sie mir zu Hülfe herbeizurufen, ohne den Raum für mehrere Minuten zu verlassen – und das zu tun, konnte ich wiederum nicht wagen. Deshalb begann ich das Ringen allein & mein Bemühen, den noch zögernd weilenden Geist zurückzubeschwören. Nach kurzer Zeit jedoch wurde es gewiß, daß ein Rückfall eingetreten sei: der Farbanflug verschwand von Wangen wie von Lidern, und hinterließ eine Bleichheit die die des Marmors noch übertraf; die Lippen schrumpften & knifften sich ein im gespenstischen Ausdruck des Todes; eine widerliche Kälte & Klammheit breitete sich aus, rapide über den ganzen Körper hin; und unmittelbar darauf war auch schon all die übliche steife Starre eingetreten. Mit einem Schauder fiel ich auf die Couch zurück, von der es mich so unversehens aufgeschreckt hatte, und überließ mich wieder leidenschaftlich wachen Visionen von Ligeia.

Eine Stunde war so dahingegangen, als (konnte es möglich sein?) ich zum zweiten Mal eines vagen Lautes gewahr wurde, der aus Richtung des Bettes herkam. Ich lauschte – in einem Übermaß an Grauen. Wieder kam der Laut – es war ein Seufzer. Ich stürzte hin zum Leichnam, und sah – sah deutlich – ein Zittern um die Lippen. Binnen einer Minute darauf entspannten sie sich, und gaben eine helle Linie, die Perlenzähne, frei. Bestürzung kämpfte jetzt in meinem Busen mit der tiefen heil'gen Scheu, die bis hierher dort allein geherrscht hatte. Ich fühlte, daß mein Auge trübe zu werden, mein Verstand irre zu gehen begann; und nur vermittelst einer gewaltsamen Anstrengung gelang es mir schließlich, meine Kraft für die Aufgabe zusammenzunehmen, auf die mich die Pflicht dergestalt noch einmal hingewiesen hatte. Ein Hauch von Rot lag nunmehr stellenweise über Stirn, und über Wangen & Kehle; eine spürbare Wärme durchdrang die ganze Gestalt; ja, sogar ein leichter Herzschlag war vorhanden. Die Lady *lebte*; und mit verdoppelter Inbrunst widmete ich mich der Aufgabe ihrer Wiedererweckung. Ich rieb & badete ihr Schläfen & Hände, und bediente mich jeglichen Mittels, das Erfahrung & eine nicht geringe medizinische Lektüre nur eingeben konnten. Aber umsonst. Urplötzlich floh die Farbe, der Puls stockte, die Lippen gewannen neuerlich den Ausdruck des Todes, und 1 Augenblick darauf hatte der ganze Leib bereits die Eiseskälte, die bleiblaugraue Färbung, die verspannte Starre, die eingesunkenen Konturen, und all die sonstigen ekelhaften Eigenheiten Eines angenommen, der manchen Tag schon in der Gruft gehaust hat.

Und wiederum versank ich in Visionen von Ligeia – und wiederum (was wunders, daß ich schaudre, da ich's schreibe?) *wiederum* erreichte mein Ohr ein schwacher Schluchzer aus den Bereichen der Ebenholzbettstatt her. Aber warum im einzelnen die unsagbaren Schrecken jener Nacht herzählen? Warum des breiten vermelden, wie, in Abständen, bis nahzu schon der Morgen grauen wollte, dies grausige Drama der Wiederbelebung sich ständig wiederholte; wie jedwede schreckliche Wiederkehr immer nur ausmündete in einen strengern & scheinbar unwiderruflicheren Tod; wie jedwede Agonie den Eindruck eines Kampfes machte, mit einem unsichtbaren Feind; und wie jedweder Kampf gefolgt ward von ich weiß nicht was für wilden Veränderungen in der persönlichen Erscheinung des Leichnams? Sei mir vergönnt, zum Schluß zu eilen.

Der größere Teil der fürchterlichen Nacht war verbraucht, und sie, die tot gewesen war, regte sich wieder einmal – und diesmal mächtiger als bislang, obgleich auffahrend aus einer Auflösung, die in ihrer äußersten Hoffnungslosigkeit entmutigender gewesen war, als alle bisherigen. Ich hatte längst schon aufgehört zu ringen oder mich zu bewegen, blieb vielmehr starr auf meiner Ottomane sitzen, eine hülflose Beute im Wirbel heftigster Erregungen, von denen extreme Scheu

ngreifende war. Der Leichnam, wiederhol' ich, rührte sich und diesmal mächt'ger als zuvor. Mit ungewohnter Energie flammte das Gesicht auf von Farben des Lebens – die Glieder entspannten sich – und wären nicht die Augenlider noch so krampfig zusammengepreßt gewesen, und hätten nicht die Binden & Gewandungen des Grabes der Gestalt noch ein Friedhofsgepräge gegeben, ich hätte mir einbilden können, daß Rowena diesmal endgültig die Fesseln des Todes abgeschüttelt habe. Aber wenn ich mir auch, selbst jetzt, diese Idee nicht gänzlich zu eigen machte; so konnt' ich schließlich doch nicht länger zweifeln, als drüben sich's vom Bett erhob, und wankend, schwachen Schritts, geschlossnen Auges, mit der Gebärdung Eines schwer vom Traum Befangnen, das etwas im Leichenlaken keck & handgreiflich bis in Zimmermitte vordrang.

Ich zitterte nicht – ich rührte mich nicht – denn ein Schwarm undefinierbarer Einbildungen, die mit Aussehen, Wuchs, Gehaben der Gestalt in Verbindung standen, und mir überstürzt durch den Kopf fuhren, hatte mich gelähmt – mich zu Stein erkältet. Ich rührte mich nicht – doch starrte die Erscheinung an. Eine wahnhafte Mißordnung war in meinen Gedanken – ein unstillbarer Tumult. Konnt' es denn tatsächlich die *lebende* Rowena sein, die mir entgegentrat? Konnt' es denn *überhaupt* Rowena sein – die blond=haarige, blau=äugige Lady Rowena Trevanion von Tremaine? Warum, *warum*, sollt' ich daran zweifeln? Die Binden lagen schwer um ihren Mund – aber konnt' es denn nicht der Mund der atmenden Lady von Tremaine sein? Und die Wangen – da blühten die Rosen wie am Mittag ihres Lebens – ja, das mochten in der Tat die hübschen Wangen der lebendigen Lady von Tremaine sein. Und das Kinn, mit den Grübchen der Gesunden, konnt' es nicht das ihre sein? – aber *war sie denn größer geworden während ihrer Krankheit?* Welch unaussprechlicher Wahnsinn packte mich reicht! Im Zurückschrecken vor meiner Berührung lösten sich von ihrem Haupt die gespenstischen Leichenbinden, die es behindert hatten, und schon ergossen sich, hinein in die rauschende Atmosphäre des Gemachs, mächtige Massen eines langen & aufgelösten Haars: *es war schwärzer denn die Rabenschwingen der Mitternacht!* Und nun taten sich auch, langsam, *die Augen* der Gestalt auf, die vor mir stand. «Hier nun zumindest,» ich schrie es laut, «kann ich niemals – niemals irre gehen – dies sind sie, die vollen, & die schwarzen, & die wilden Augen – meiner toten Liebe – der Lady – der LADY LIGEIA!»

# GLOSSAR & FUSSNOTEN

# BERENICE

*Berenice* wurde erstmals im März 1835 in der Zeitung *Southern Literary Messenger* unter dem Titel Berenice veröffentlicht. Eine neue Version erschien 1845 im *Broadway Journal*.
*Berenice* wurde von Arno Schmidt ins Deutsche übertragen.

## GLOSSAR

Seite 14

*Sylphide:* Naturgeist. In dem romantischen Ballett *La Sylphide* von Jean Schneitzhoeffer (Musik) und Filippo Taglioni (Choreographie), uraufgeführt 1832, verliebt sich ein Schäfer in eine geflügelte Waldfee.

*Arnheim:* Hauptstadt der niederländischen Provinz Gelderland, berühmt für seine Parks und Promenaden.

*Najade:* Wassernymphe der griechischen Mythologie.

*Samum:* Nordafrikanischer Sandsturm. Das aus dem arabischen stammende Wort bedeutet übersetzt Giftwind.

Seite 19

*Coelius Secundus Curio:* Humanistischer Gelehrter und evangelischer Theologe (1503–1569), Autor des Werks *De Amplitudine Beati Regni Dei* (Von der Erhabenheit der glückseligen Herrschaft Gottes, 1554).

*Sankt Augustin:* Augustinus von Hippo, auch Augustinus von Thagaste (354–430), Autor des Werks *De Civitate Dei* (Gottesstaat, 413–426).

«*Mortus est Dei filius …*»: «Tot ist Gottes Sohn; das ist glaubhaft, weil es töricht ist – und auferstanden ist er aus dem Grab; das ist gewiß, weil es unmöglich ist.» Aus dem Werk *De Carne Christi* (Vom Leib Christi) des Tertullian (Quintus Septimius Floreus Tertullianus, um 160–230).

*Ptolemäus Chennus:* griechischer Schriftsteller und Mythograph (1./2. Jh. n. Chr.).

*Asphodel:* Blume, die in der griechischen Mythologie den Übergang in die Unterwelt erleichtern sollte. Sie war Persephone, der Göttin der Unterwelt, geweiht.

## GLOSSAR & FUSSNOTEN

Seite 21
*der schöneren halkyonischen:* Halkyone und ihr Gatte Keyx wurden von Zeus in Eisvögel verwandelt. Die Tage ihrer Brutzeit Anfang Dezember gelten als besonders ruhig und sonnig.

Seite 23
*Ma'm'selle Sallé:* Französische Tänzerin an der Pariser Oper, die nach 1730 auch in England gastierte.

«*que tous ses pas …*»: «dass alle ihre Schritte Gefühle waren»

«*que toutes ses dents …*»: «dass alle ihre Zähne Ideen waren»


# DER SCHWARZE KATER

*Der schwarze Kater* wurde erstmals am 18. August 1843 in der Zeitung *United States Saturday Post* unter dem Titel *The Black Cat* veröffentlicht. Die endgültige Version erschien 1845 in der Sammlung *Tales*.
*Der schwarze Kater* wurde von Hans Wollschläger ins Deutsche übertragen.


# DAS EILAND UND DIE FEE

*Das Eiland und die Fee* erschien erstmals im Juni 1841 in *Graham's Magazine* unter dem Titel *The Island of The Fay*.
*Das Eiland und die Fee* wurde von Arno Schmidt ins Deutsche übertragen.

**FUSSNOTEN** von Edgar Allan Poe zu *Das Eiland und die Fee*:

1 *Moraux* ist in diesem Falle von *mœurs* abzuleiten und entspricht etwa unserm *modern*, das korrekteste wäre ‹Sittenbilder›.

2 Pomponius Mela sagt in seiner Abhandlung *De Situ Orbis* anlässlich der Erwähnung der Gezeiten: ‹Entweder ist die Welt ein großes Tier, oder aber› usw.

**GLOSSAR & FUSSNOTEN**

3 Balzac – d. h., dem Sinne nach; den exakten Wortlaut kann ich nicht verbürgen.

4 ‹Florem putares nare per liquidum aethera› – COMMIRE

## GLOSSAR

Seite 51
*Nullus enim …:* Jeder Ort hat seinen Genius.

Seite 52
«*la musique est le seul …*»: «die Musik ist das einzige Talent, das sich an sich selbst erfreuen kann, alle anderen verlangen nach Zeugen.»

Seite 53
*Sphäroid:* Rotationsellipsoid (abgeplattete Kugel), die Form der Erde und der anderen Planeten.

*animalculae:* Mikroskopisch kleine Lebewesen.

Seite 54
*das bekannte Zimmermann'sche Buch:* Johann Georg Zimmermann (1728–1795), Autor des Werks *Betrachtungen über die Einsamkeit* (1756).

«*la solitude …*»: «Die Einsamkeit ist eine schöne Sache; aber man braucht jemanden, der einem sagt, dass die Einsamkeit eine schöne Sache ist.»

Seite 55
*Ufer & Schatten:* Die Verse stammen aus Poes Gedicht *The City in the Sea* (1831).

# DAS VERRÄTERISCHE HERZ

*Das verräterische Herz* erschien erstmals im Januar 1843 in der Zeitung *The Pioneer* unter dem Titel *The Tell-Tale Heart*.
*Das verräterische Herz* wurde von Hans Wollschläger ins Deutsche übertragen.

**GLOSSAR & FUSSNOTEN**

# DER FALL DES HAUSES ASCHER

*Der Fall des Hauses Ascher* erschien erstmals im September 1893 in *Burton's Gentleman's Magazine* unter dem Titel *The Fall of the House of Usher*.
*Der Fall des Hauses Ascher* wurde von Arno Schmidt ins Deutsche übertragen.

## GLOSSAR

Seite 88
*v. Weber, Letzter Walzer:* Carl Maria von Weber (1786–1826), deutscher Komponist. Das Klavierstück *Webers letzter Gedanke,* auch «Letzter Walzer» genannt, wurde lange für von Webers letzte Schöpfung gehalten, stammt aber in Wirklichkeit von Carl Gottlieb Reißiger (1798–1859), einem Schüler von Webers.

Seite 89
*Fuseli:* Englischer Name des Schweizer Malers Johann Heinrich Füssli (1741–1825), der lange in England lebte. Füsslis Bilder zeigen meist Traumwelten und Visionen und sind von englischen Schauergeschichten inspiriert.

Seite 90
*Das Geisterschloß:* Gedicht von Poe, das er 1839 unter dem Titel *The Haunted Palace* veröffentlichte.

*Seraphs-Schwingen:* Ein Seraph ist ein sechsflügeliger Engel. Die Seraphim bilden den höchsten der Engelschöre.

Seite 91
*porphyrogen:* Das griechische Wort «porphyros» steht für die Farbe Purpur, die dem Königshaus vorbehalten war. Ein Porphyrogenetos ist demnach ein in Purpur, also der Farbe des Königshauses, Geborener.

Seite 94
Die verschiedenen Autoren, die Roderick Ascher liest, – von Pomponius Mela, einem römischen Geographen des 1. Jahrhunderts n. Chr, bis zu

dem deutschen Romantiker Ludwig Tieck (1773–1853) – haben eines gemeinsam: ihre Faszination von der Esoterik, die in den zitierten Werken durchscheint.

Seite 100
*Tristoll:* Im Original «Mad Trist of Sir Launcelot Canning». Weder der Autor noch das Werk wurden bisher identifiziert.

# DAS OVALE PORTRÄT

*Das ovale Porträt* wurde erstmals im April 1842 in *Graham's Magazine* unter dem Titel *Life in Death* veröffentlicht.
*Das ovale Porträt* wurde von Hans Wollschläger ins Deutsche übertragen.

## GLOSSAR

Seite 112
*Mrs. Radcliffe:* Ann Radcliffe (1764–1823), englische Autorin von Schauerromanen.

Seite 113
*vignette:* Hier kleines, ovales Porträt, das häufig in Schmuckstücke eingefasst wird. Eine Besonderheit der Vignette ist, dass das Bild an den Rändern blasser und unschärfer wird.

*Sully:* Thomas Sully (1783–1872), amerikanischer Porträt- und Landschaftsmaler.

# MORELLA

*Morella* wurde erstmals im April 1835 in der Zeitung *Southern Literary Messenger* veröffentlicht.
*Morella* wurde von Arno Schmidt ins Deutsche übertragen.

**GLOSSAR & FUSSNOTEN**

# GLOSSAR

Seite 120
*Pressburg:* Deutscher Name der slowakischen Stadt Bratislava.

Seite 121
*wie einst aus Hinnon Ge-Henna wurde:* Das im *Alten Testament* häufig erwähnte Hinnom-Tal erstreckt sich im Süden und Westen Jerusalems. In der Frühzeit wurden in diesem Tal Kinderopfer gebracht – ein Kult der von dem Propheten Jeremias mehrfach verurteilt wurde. Die Koine-Bezeichnung für Hölle, γεέννα, ist davon abgeleitet.

*Fichte:* Johann Gottlieb Fichte (1762–1814), deutscher Philosoph und Vertreter des deutschen Idealismus.

*palingenesia:* Wiedergeburt der Seele durch Seelenwanderung.

*Schelling:* Friedrich Wilhelm Joseph von Schelling (1775–1854), deutscher Philosoph und Vertreter des deutschen Idealismus.

*Locke:* John Locke (1632–1704), englischer Aufklärungsphilosoph. Identität meint an der angesprochenen Stelle, dass eine Person nur sich selbst gleicht.

Seite 124
*principium individuationis:* Die Frage nach dem Grund dafür, dass es individuell verschiedene Einzelwesen gibt, die nur mit sich selbst identisch sind, und ob diese Einzigartigkeit mit dem Tod aufgehoben wird.

Seite 126
*Rosen von Paestum:* Unter römischer Herrschaft (3. Jahrhundert v. Chr.) war die Umgebung von Paestum berühmt wegen ihres Blumenreichtums. Die zweimal blühenden Rosen werden in der Dichtung häufig erwähnt, etwa bei Vergil.

*den Tejer spielen:* Gemeint ist der griechische Lyriker Anakreon (6. Jh. v. Chr.), der aus Teos, einer antiken Stadt in Kleinasien (heute Türkei), stammte. In seinen Versen besang er die Liebe, die Freundschaft und den Wein.

**GLOSSAR & FUSSNOTEN**

Seite 128
*Lustra:* Plural von Lustrum, Bezeichnung für eine Zeitspanne von fünf Jahren. Sie stammt von einem Opferritual in der altrömischen Religion, das alle fünf Jahre vollzogen wurde.

# LIGEIA

*Ligeia* wurde erstmals im September 1838 im *American Museum of Sience, Literature, and the Arts* veröffentlicht. 1845 wurde das Gedicht *The Conqueror Worm* (dt. *Der Eroberenwurm*), 1843 separat erschienen, in die Erzählung integriert.
*Ligeia* wurde von Arno Schmidt ins Deutsche übertragen.

## GLOSSAR

Seite 133
*Ligeia*: In der griechischen Mythologie eine der Sirenen, die vorbeifahrende Schiffer anlocken, um sie zu töten. Sie müssen sterben, wenn ein Sterblicher ihnen widersteht.

Seite 135
*Ashtophet*: Die Himmelskönigin und Liebesgöttin mehrerer westsemitischer Völker, auch Aschtoreth oder Astarte genannt.

*idololatrisch*: Von Idolatrie – Bilderverehrung, Götzendienst.

*Delos*: Geburtsort der griechischen Götter Apoll und Artemis.

*Bacon*: Der englische Philosoph Francis Bacon (1561–1626) trug den Adelstitel Lord Verulam. Das Zitat stammt aus seinem Essay *Of Beauty* (1612).

Seite 136
*hyakinthos*: Homer gebraucht das Epithet (Attribut) unter Umständen als Hinweis auf die Schönheit einer blauen Schwertlilie. Möglicherweise geht es Poe weniger um die Farbe einer Blume als um die Schönheit des mythologischen Hyazinth, des Geliebten Apolls.

## GLOSSAR & FUSSNOTEN

*aquilin*: Feine leicht gebogene Nase, gleich dem Schnabel eines Adlers, von lat. aquila, Adler.

*Kleomenes*: Griechischer Bildhauer (1. Jahrhundert v. Chr.), dem die Venus de' Medici zugeschrieben wird.

Seite 138
*des Stammes im Tale von Nourjahad*: Anspielung auf die Erzählung *The History of Nourjahad* der anglo-irischen Schriftstellerin Frances Sheridan (1724–1766). Als dem Titelhelden unendlicher Reichtum und scheinbar auch ewiges Leben gewährt werden, kauft er für seinen Palast die schönsten Mädchen des Landes.

*Houris der Türken*: Die Jungfrauen, die den gläubigen Muslim im Paradies erwarten.

*der Brunnen des Demokritos*: Der griechische Philosoph Demokrit aus Abdera (ca. 460–ca. 370 v. Chr.) soll gesagt haben, die Wahrheit läge in einem tiefen Brunnen verborgen.

Seite 140
*Chrysalis*: Ein Insekt im Puppenstadium seiner Metamorphose.

*Joseph Glanvill*: Englischer Schriftsteller, Philosoph und Geistlicher (1636–1680). Sein Hauptwerk ist eine Apologie des Hexen- und Gespensterglaubens.

Seite 142
*gorgonisch*: Furchtbar, schauderhaft. In der griechischen Mythologie sind die Gorgonen geflügelte Schreckgestalten mit Schlangenhaaren, die jeden, der sie anblickt, zu Stein erstarren lassen.

Seite 143
*Azrael*: Der Erzengel des Todes. Er beobachtet das Sterben und trennt im Augenblick des Todes die Seele vom Körper.

Seite 150
*sarazenisch*: Muslimisch.

*Luxor*: Stadt in Ägypten an der Stelle des antiken von Homer beschriebenen „hunderttorigen Theben".

# BIOGRAPHIEN & BIBLIOGRAPHIEN

# Edgar Allan Poe (1809–1849)

Edgar Allan Poe wurde am 19. Januar 1809 in Boston als Sohn zweier verarmter Wanderschauspieler geboren. Der Vater, David Poe, ein Südstaatler irischer Abstammung und dem Alkohol verfallen, verließ die Familie kurz nach der Geburt seines Sohnes. Die Mutter starb 1811 an Tuberkulose. Der aus Schottland eingewanderte reiche Tabakhändler John Allan nahm den Jungen bei sich auf und ließ ihn auf den Namen Edgar Allan Poe taufen. Er schickte ihn auf verschiedene Privatschulen und nahm ihn auch 1815 mit nach Großbritannien, wo der Junge fünf Jahre lang zur Schule ging, zum Teil auch auf ein Internat, während Allan sich um den Aufbau von Geschäftskontakten bemühte. Mit siebzehn Jahren begann Poe an der Universität von Virginia ein Studium der alten und neuen Sprachen. Zur gleichen Zeit begannen auch die Konflikte mit dem Pflegevater, der nicht länger für Poes freien Lebenswandel und seine Spielschulden aufkommen wollte. Daraufhin verließ Poe die Universität und auch seine Pflegeeltern.

Auf eigene Kosten veröffentlichte er 1827 seine erste Gedichtsammlung *Tamerlane und andere Gedichte* und verpflichtete sich bei der Armee, die er jedoch zwei Jahre später wieder verließ. 1829 fand er Aufnahme bei einer mittellosen Tante, Maria Clemm, und deren Tochter Virginia in Baltimore und veröffentlichte einen zweiten Gedichtband, *Al Araaf*. Poes Abneigung gegen alles, was mit Handel und Geldverdienen zu tun hatte, enttäuschte seinen Pflegevater schwer. Als Zeichen der Versöhnung trat Poe 1830 in eine Offiziersschule ein, die er jedoch schon bald wegen Befehlsverweigerung wieder verlassen musste.

Das Jahr 1831 markiert den eigentlichen Beginn von Poes Karriere als Autor von Kurzgeschichten. 1833 gewann er mit der Geschichte *Manuskriptfund in einer Flasche* einen Preis, der ihm zu einiger Bekanntheit in der literarischen Szene Baltimores verhalf und ihn ermutigte, diesen Weg weiterzuverfolgen. Er wurde zum Redak-

teur verschiedener Zeitschriften berufen und war schon bald als scharfer Kritiker bekannt. 1835 heiratete er seine dreizehnjährige kränkliche Cousine Virginia Clemm, deren Gestalt und tragisches Schicksal vielen seiner Frauenfiguren als Vorbild diente. Im Folgenden arbeitete Poe für verschiedene Zeitungen und veröffentlichte weitere Novellen, Geschichten und Gedichte (unter anderem *Ligeia*, *Der Fall des Hauses Ascher* und *Der Goldkäfer*), die allerdings nur einen Achtungserfolg erzielten. Im Januar 1845 erschien sein Gedicht *Der Rabe*, das sein erster großer Erfolg wurde.

Ein kommerzieller Erfolg blieb Poe zu Lebzeiten allerdings versagt. Er lebte weiterhin in bitterer Armut mit Maria Clemm und seiner Frau Virginia, die schließlich im Januar 1847 an Tuberkulose starb. Gebeutelt von den Jahren des Herumirrens und erschüttert von Virginias Tod, erlag Edgar Allan Poe schließlich den Folgen des Alkoholkonsums. Er starb am 7. Oktober 1849 nach längerem Delirium in einem Krankenhaus in Baltimore, nicht ohne vorher noch einige seiner berührendsten Gedichte verfasst zu haben, darunter *Ulalume* (1847) und der Essay *Eureka* (1848).

Der weltweite Einfluss von Poes literarischem Schaffen war und bleibt beachtlich. Er erstreckt sich nicht nur auf den Bereich der Literatur, sondern auch auf andere künstlerische Ausdrucksformen wie den Film und die Musik bis hin zu wissenschaftlichen Fragestellungen.

Als amerikanischer Autor wurde Poe zunächst von französischen Autoren wie Baudelaire und Mallarmé anerkannt und mit Verve verteidigt. Die zeitgenössische Kritik reiht ihn in die Riege der bemerkenswertesten Autoren der amerikanischen Literatur des 19. Jahrhunderts ein. Insbesondere seine Meisternovellen, die in den beiden Erzählungssammlungen *Tales of the Grotesque* (1839) und *Tales* (1845) erschienen, offenbaren sein literarisches Talent. Sie bilden zusammen mit den literaturtheoretisch bedeutsamen Kritiken und Schriften sowie den Gedichten den Kern seines Schaffens, auf den sich sein Ruhm gründet.

## BIOGRAPHIEN & BIBLIOGRAPHIEN

Die von Arno Schmidt und Hans Wollschläger übersetzte Gesamtausgabe der Werke Poes erschien 1966 als vierbändige Ausgabe im Walter-Verlag. Die beiden ersten Bände enthalten im Wesentlichen die Erzählungen. Die in diesem Buch abgedruckten Geschichten sind getreu der Originalausgabe übernommen und folgen somit – in Fall von *Berenice, Das Eiland und die Fee, Der Fall des Hauses Ascher, Morella* und *Ligeia* – der Arno Schmidt eigenen Rechtschreibung. Im Folgenden sind die von Arno Schmidt und Hans Wollschläger übertragenen Erzählungen nach dem Entstehungsjahr des englischen Originals aufgeführt.

### ARNO SCHMIDT

*Manuskriptfund in einer Flasche* (*MS. Found in a Bottle*, 1833)
*Berenice* (*Berenice*, 1835)
*Morella* (*Morella*, 1835)
*Schatten – Eine Parabel* (*Shadow*, 1835)
*Siope – Eine Fabel* (*Silence*, 1837)
*Umständlicher Bericht des Arthur Gordon Pym von Nantucket*
 (*The Narrative of Arthur Gordon Pym of Nantucket*, 1837–1838)
*Ligeia* (*Ligeia*, 1838)
*Der Fall des Hauses Ascher* (*The Fall of The House of Usher*, 1839)
*Das Tagebuch des Julius Rodman* (*The Journal of Julius Rodman*, 1840)
*Das Eiland und die Fee* (*The Island of The Fay*, 1841)
*Eleonora* (*Eleonora*, 1842)
*Disput mit einer Mumie* (*Some Words with a Mummy*, 1845)
*Die Methode Dr. Thaer & Prof. Fedders* (*The System of Dr. Tarr and Prof. Fether*, 1845)
*Der Park von Arnheim* (*The Domain of Arnheim*, 1847)
*Von Kempelens Erfindung* (*Von Kempelen and His Discovery*, 1849)
*Landschaft mit Haus* (*Landor's Cottage*, 1849)

### HANS WOLLSCHLÄGER

*Metzengerstein* (*Metzengerstein*, 1832)
*Der Duc de l'Omelette* (*The Duc de l'Omelette*, 1832)
*Eine Erzählung aus Jerusalem* (*A Tale of Jerusalem*, 1832)

Der Atemverlust (*Loss of Breath*, 1832)
Bonbon (*Bon-Bon*, 1832)
Die Verabredung (*The Assignation*, 1834)
Einige Ereignisse aus dem Leben einer Berühmtheit oder
    Wie man zum Löwen des Tages wird (*Lionizing*, 1835)
König Pest – Eine nicht unallegorische Geschichte (*King Pest*, 1835)
Das unvergleichliche Abenteuer eines gewissen Hans Pfaall
    (*The Unparallaled Adventures of One Hans Pfaall*, 1835)
Vier Tiere in Einem (*Four Beasts in One*, 1836)
Eine Mystifikation (*Mystification*, 1837)
Wie man einen Blackwood-Artikel schreibt (*How to Write a Blackwood
    Article*, 1838)
In schlimmer Klemme – die Sense der Zeit (*A Predicament*, 1838)
Der Teufel im Glockenturm (*The Devil in the Belfry*, 1839)
Ein verbrauchter Mann (*The Man That Was Used Up*, 1839)
Die Unterredung zwischen Eiros und Charmion (*The Conversation of Eiros
    and Charmion*, 1839)
Warum der kleine Franzose seine Hand in der Schlinge trägt
    (*Why the Little Frenchman Wears His Hand in a Sling*, 1840)
Der Geschäftsmann (*The Business Man*, 1840)
Der Massenmensch (*The Man of the Crowd*, 1840)
William Wilson (*William Wilson*, 1840)
Eine Geschichte mit Moral (*Never Bet the Devil Your Head*, 1841)
Drei Sonntage in einer Woche (*Three Sundays in a Week*, 1841)
Die Morde in der Rue Morgue (*The Murders in the Rue Morgue*, 1841)
Ein Sturz in den Malstrom (*A Descent into the Maelström*, 1841)
Das Gespräch zwischen Monos und Una (*The Colloquy of Monos and Una*,
    1841)
Das ovale Porträt (*The Oval Portrait*, 1842)
Die Maske des roten Todes (*The Masque of The Red Death*, 1842)
Das Geheimnis um Marie Rogêt (*The Mystery of Marie Rogêt*, 1842)
Diddeln oder Das Schwindeln als eine der exakten Wissenschaften betrachtet
    (*Diddling Considered as One of the Exact Sciences*, 1843)
Der Goldkäfer (*The Gold-Bug*, 1843)
Grube und Pendel (*The Pit and the Pendulum*, 1843)

*Das verräterische Herz* (The Tell-Tale Heart, 1843)
*Der schwarze Kater* (The Black Cat, 1843)
*Die Brille* (The Spectacles, 1844)
*Der Engel des Sonderbaren – eine Extravaganz* (The Angel of the Odd, 1844)
*Das litterarische Leben des Herrn Thingum Bob, Hochwohlgeboren, frühern Herausgebers des Grunzerumfummel* (The Literary Life of Thingum Bob, Esq., 1844)
*Du bist der Mann!* (Thou Art the Man, 1844)
*Der Ballon-Jux* (The Balloon Hoax, 1844)
*Die längliche Kiste* (The Oblong Box, 1844)
*Eine Geschichte aus den Rauhen Bergen* (A Tale of the Ragged Mountains, 1844)
*Das vorzeitige Begräbnis* (The Premature Burial, 1844)
*Mesmerische Offenbarung* (Mesmeric Revelation, 1844)
*Die tausendzweite Erzählung der Scheherezad* (The Thousand-and-Second Tale of Scheherazade, 1845)
*Der Alb der Perversheit* (The Imp of the Perverse, 1845)
*Die Tatsachen im Falle Valdemar* (The Facts in the Case of M. Valdemar, 1845)
*Der stibitzte Brief* (The Purloined Letter, 1845)
*Die Macht der Worte* (The Power of Words, 1845)
*Die Sphinx* (The Sphinx, 1846)
*Das Gebinde Amontillado* (The Cask of Amontillado, 1846)
*Der Je-x-te Ardikkel* (X-ing a Paragrab, 1849)
*Mellona Tauta* (Mellona Tauta, 1849)
*Hopp-Frosch* (Hop-Frog, 1849)

BIOGRAPHIEN & BIBLIOGRAPHIEN

Benjamin Lacombe (*1982)

Der französische Autor und Illustrator wird am 12. Juli 1982 in Paris geboren. 2001 beginnt er ein Kunststudium an der École Nationale Supérieure des Arts Décoratifs (ENSAD) in Paris. Neben dem Studium arbeitet er für die Werbung, macht Animationen und bringt mit 19 Jahren seinen ersten Comic-Band heraus. Außerdem erscheinen einige von ihm illustrierte Bücher.

Sein Studien-Abschlussprojekt, *Cerise Griotte*, das er als Autor und Illustrator verantwortet, wird sein erstes Jugendbuch und erscheint bei Seuil Jeunesse im März 2006. Im darauffolgenden Jahr wird es in den USA von Walker Books veröffentlicht und vom renommierten *Time Magazine* als eines der zehn besten Jugendbücher des Jahres 2007 in den USA ausgezeichnet.

Seitdem hat Benjamin zahlreiche Bücher geschrieben und illustriert, die in mehreren Ländern verlegt werden, so in Frankreich, Spanien, Italien, Holland, Korea und den USA. In Deutschland erscheinen seine Bücher von Anfang an im Verlagshaus Jacoby & Stuart.

Benjamin stellt seine Arbeiten regelmäßig aus. Unter anderem wurde sein Werk in folgenden Galerien gezeigt: Ad Hoc Art (New York), L'Art de rien (Paris), Dorothy Circus (Rom) und Maruzen (Tokio). Benjamin lebt und arbeitet in Paris, mit seinen Hunden Virgile und Lisbeth, die sich immer wieder in seine Bilder einschleichen.

## BIOGRAPHIEN & BIBLIOGRAPHIEN

### WEITERE BÜCHER VON BENJAMIN LACOMBE BEI JACOBY & STUART

Jacob und Wilhelm Grimm: *Schneewittchen*, mit Illustrationen von Benjamin Lacombe (2011)

Benjamin Lacombe und Sébastien Perez: *Das Elfen-Bestimmungsbuch* (2012)

Benjamin Lacombe und Sébastien Perez: *Lisbeth, die kleine Hexe* (2013)

Benjamin Lacombe und Olivia Ruiz: *Swinging Christmas* (2013)

Benjamin Lacombe: *Undine* (2013)

Benjamin Lacombe: *Madame Butterfly* (2014)

Benjamin Lacombe und Sébastien Perez: *Superhelden – Das Handbuch* (2015)

Benjamin Lacombe und Paul Echegoyen: *Leonardo & Salaï* (2015)

Benjamin Lacombe: *Marie-Antoinette* (2015)

Benjamin Lacombe und Sébastien Perez: *Kleine Katzenkunde* (2016)

Benjamin Lacombe und Lewis Carroll: *Alice im Wunderland* (2016)

Benjamin Lacombe und Sébastien Perez: *Frida* (2017)

Benjamin Lacombe und Lewis Carroll, *Alice im Spiegelland* (2017)

Benjamin Lacombe und Prosper Mérimée: *Carmen* (2018)

Benjamin Lacombe und Sébastien Perez: *Der Zauberer von Oz* (2019)

# INHALTSVERZEICHNIS

**DIE UNHEIMLICHEN GESCHICHTEN**
Berenice..................................................11
Der schwarze Kater ................................31
Das Eiland und die Fee .........................51
Das verräterische Herz..........................61
Der Fall des Hauses Ascher..................73
Das ovale Porträt..................................111
Morella..................................................119
Ligeia....................................................133

**GLOSSAR & FUSSNOTEN**................165

**BIOGRAPHIEN & BIBLIOGRAPHIEN** ............175
Edgar Allan Poe ...................................176
Benjamin Lacombe................................182

*Dieses Buch ist Sébastien Perez gewidmet, der neben Poe mein Lieblingsautor ist. Danke, dass Du wieder einmal für mich da warst.*

*Meiner alten Freundin Nathalie Fekkrache, die wie Morella oder Berenice die Herzen der Männer verzaubert.*

*Ein großes Dankeschön geht an Étienne Friess für seine Hilfe und seine Unterstützung bei der Produktion dieses Buches.*

*Ein sehr großes Dankeschön an meine Freundin Sophie de la Villefromoit für ihre Hilfe.*

*Und schließlich ein ganz besonderer Dank an Clotilde Vu und Barbara Canepa, die mir geholfen haben, meinen Kindheitstraum in die Tat umzusetzen, und so viel Geduld mit mir hatten!*

Die französischsprachige Erstausgabe ist 2009 unter dem Titel
*Les Contes macabres* erschienen.
© MC Production / Lacombe

Für die deutsche Ausgabe:
6. Auflage 2019
© 2010 Verlagshaus Jacoby & Stuart, Berlin
Alle Rechte vorbehalten
Übersetzung Arno Schmidt und Hans Wollschläger:
© Arno Schmidt Stiftung

Konzept und Gestaltung: Benjamin Lacombe
mit Unterstützung von Étienne Friess und Mélanie Fuentes

Druck und Bindung: Livonia Print
Printed in Latvia

ISBN 978-3-942787-09-3
www.jacobystuart.de
Unsere Trailer auf: www.youtube.com/jacobystuart